KB275428

어린이를 위한 복음 하브루타

+교사 가이드

글 이익열 그림 이병용

꿈지락

프롤로그

탁구를 좋아해도 기본기를 배우지 못 하면 동네 탁구를 벗어날 수가 없습니다. 신앙도 기본기가 중요합니다. 기본기가 없다면 시간이 지나도 믿음이 자라지 않고 시들해져 다시 세상으로 가거나 겨우 명맥만 유지하기 쉽습니다.

어떤 이유로든 성경 공부를 시작했다면 그것은 놀라운 축복이고 기회입니다. 인간의 영혼은 하나님을 만날 때 변화되기 때문입니다. 세상의 공부와 달리 성경을 통해 하나님을 알아 갈수록 우리의 영혼은 안정되고 풍요롭게 됩니다. 하나님은 전심으로 자기를 찾는 자를 반드시 만나 주십니다. 이왕 공부를 시작했으니, 적극적으로 공부하길 소망합니다.

하나님을 알기 위해서는 성경과 성령의 도움이 절대적으로 필요합니다. 성경과 하나님은 인간의 노력만으로는 알 수 없습니다. 하나님은 우리와 차원이 다른 분이기 때문입니다. 우리 집 강아지는 제가 아내에게 남편이고 자녀에게 아버지이지만 교회에서는 목사라는 인간관계는 알 수 없습니다. 강아지와 인간은 차원이 다르기 때문입니다. 강아지는 제가 다가가는 만큼 저를 알 수 있습니다. 간식을 가지고 가면 좋은 사람이지만 혼을 내면 서열이 높은 무서운 사람으로 인식합니다.

인간은 스스로 능력으로 하나님을 알 수 없습니다. 성령께서 다가오셔서 우리의 눈을 열어 주셔야 비로소 알 수 있습니다. 성경은 성령의 도움 없다면 진정한 의미를 알 수 없는 책입니다. 인간의 능력만으로 성경을 읽는다면 오히려 교만과 착각에 빠지기 쉽습니다. 성령께서 눈을 열어 주어야 비로소 한계를 넘어 말씀의 참 의미를 알고 하나님께 나아갈 수 있습니다.

이 교재로 공부하는 동안 성령과 함께하는 은혜를 누리고 믿음이 성장하길 기도합니다.

- 꿈지락 하브루타 -

오리엔테이션

Ⅰ.자기 소개 - 자신의 장점과 더불어 친구들에게 자기를 소개하세요.

Ⅱ.믿음과 기대 - 말씀을 통해 하나님을 알게 되면 어떤 변화가 생길까요?

이 책으로 공부하는 동안 함께 지키는
하브루타 규칙
규칙은 매번 성경 공부 전에 반드시 함께 소리내어 읽고 시작합니다.

1. ____

2. ____

3. ____

4. ____

5. ____

규칙을 정하는 방법

1단계; 각자 2~3가지 규칙을 제안한다.

2단계; 자신이 제안한 규칙이 필요한 이유를 아래와 같이 설명한다.

  - 규칙을 지켰을 때 나에게 미치는 영향, 친구에게 미치는 영향은?

  - 규칙이 지켜지지 않을 때 나에게 미치는 영향, 친구에게 미치는 영향은?

3단계; 자기 제안을 제외한 친구의 규칙 중에서 꼭 필요하다고 생각하는 규칙

  2가지에 별표 한다.

4단계; 별표를 가장 많이 받은 규칙 3~5개 선택한다.

오리엔테이션

첫 만남은 오리엔테이션입니다. ① 서로 잘 아는 사이라도 각자 자신을 소개합니다. 장점과 더불어 소개하거나 ② 또는 성경 공부에 참여하게 된 이유와 함께 자신을 소개합니다. 자기 입으로 발표했을 때와 그렇지 않을 때는 공부하는 자세에 차이가 있습니다.

③ 성경 말씀을 잘 알게 되면 자신에게 어떤 변화가 있을지 상상하고 발표합니다. 자신의 신앙 태도, 부모와 관계, 교회 또는 학교 친구 관계에 어떤 영향과 변화가 있을지 세분하여 생각하고 발표합니다.

대부분은 자발적이기보다 누군가(어른)의 권유나 반강제로 참여한 경우가 많습니다. 자신의 변화를 상상하고 발표할 때, 다른 사람의 이야기를 들을 때에 동기부여가 될 수 있습니다. 말로만 하면 자칫 지루해질 수 있으니 상상한 내용을 그림으로 표현하거나, 교사가 여러 장의 사진을 미리 준비하고 자기 생각을 보여 주는 사진과 함께 발표하는 등 시각화하는 매개체가 있으면 도움이 됩니다.

④ 마지막으로 다 같이 즐겁고 유익한 시간을 되도록 규칙을 정하는 것은 매우 중요합니다. 주변의 권유 또는 교회에서 결정된 성경 공부인 경우는 말씀에 관한 관심과 기대가 적을 수밖에 없습니다. 성경을 공부의 진행마저도 자기 의사와 상관없이 일방적 결정 따라야 한다면 흥미를 갖기 쉽지 않을 뿐만 아니라 시간이 지나도 이해가 어렵고 재미를 느끼지 못하면 통제가 어려울 수 있습니다.

사람은 자신이 선택하고 결정한 일에 더 책임감을 느낍니다. 성경 공부는 스스로 선택이 아니더라도 규칙을 스스로 만들면 일방적으로 따라야 한다는 인식에서 벗어나 참여도를 높일 수 있습니다. 규칙 정하기를 통해 교사의 일방적 결정보다 서로 의견을 내고 합의하여 규칙을 만들면 좋은 분위기와 참여를 높일 수 있습니다.

교사도 참여자의 한 사람으로 규칙을 제안하고 동참합니다. 수직적 권위가 아닌 소통하고 함께하는 교사의 이미지를 줄 수 있습니다. 또 성경 공부와 관련 없는 규칙이나 학생이 미처 생각하지 못한 규칙이나 꼭 필요한 규칙을 교사가 제안함으로 자연스럽게 중심을 잡을 수 있습니다.

하브루타 규칙을 정하는 순서

1단계: 각자 2~3가지 규칙을 제안한다.

학생이 성경 공부와 상관없는 규칙을 제안해도 교사가 수정하지 않아야 합니다. 꼭 필요한 규칙은 교사가 제안하면 됩니다. 불필요한 규칙은 2단계 3단계에서 필터링됩니다.

말로만 하지 말고 칠판, 포스터 용지, 포스트잇 등으로 시각화하는 것이 좋습니다. 학생들은 글씨를 작게 쓰는 경향이 있습니다. 크게 쓰라고 해도 보통 펜으로는 작게 쓸 수밖에 없습니다. 미리 굵은 펜을 준비합니다.

먼저 제안된 규칙부터 포스터 용지나 포스트잇 등에 기록합니다. 포스트잇을 사용할 경우는 모두가 보이는 곳에 붙입니다. 먼저 제안된 규칙은 아직 제안하지 못한 학생에게 힌트가 될 수 있습니다.

2단계: 자신이 제안한 규칙이 꼭 필요한 이유를 설명합니다.

학생은 규칙이 왜 필요한지 생각하고 제안하지 않습니다. 단지 제안하라고 하니 하는 것뿐입니다. 규칙의 필요성을 느끼지 못한다면 지키지 않을 확률이 높습니다. 규칙에 대한 동기부여는 스스로 필요한 이유를 설명할 때 가장 효과적입니다.

규칙을 설명할 때는 아래 가이드에 따라 설명합니다. 장난스러운 규칙도 이 단계에서 어느 정도 필터링됩니다. 아래처럼 구분해서 살펴보고 설명하면 좀 더 필요성을 느끼고 자세도 진지해지고 많은 생각을 하게 합니다.

 - **규칙을 지켰을 때** 나에게 미치는 영향, 친구에게 미치는 영향은?
 - **규칙이 지켜지지 않을 때** 나에게 미치는 영향, 친구에게 미치는 영향은?

규칙을 설명할 때는 마이크 역할을 할 수 있는 가짜 마이크 소품을 준비합니다. 발표자는 반드시 마이크를 들고 발표합니다. 발표자를 진진하게 만들고 듣는 사람은 집중하게 만드는 효과가 있습니다.

3단계: 자기 제안을 제외한 친구가 제안한 규칙 중에서 꼭 필요하다고 생각하는 규칙
  2가지에 별 표시를 합니다.

위 '2단계'에서 필터링되지 않은 제안은 이 단계에서 해결됩니다. 또 자기 제안을
제외한 규칙에 별 표시를 하면 공정성을 갖게 합니다.

4단계: 별표를 가장 많이 받은 규칙 3~5개 선택합니다.
이렇게 규칙을 정했다 해도 잘 지키지 않습니다. 며칠 지나면 까마득히 잊기 때문
입니다. 규칙 팻말을 만들고 공부를 시작할 때마다 함께 소리 내어 읽고 시작해야
합니다. 규칙 팻말은 공부 중에도 책상 가운데 비치하는 것이 효과적입니다.

규칙을 읽은 후에 간단한 구호를 외치는 것이 좋습니다. 구호를 외친 것과 그렇지
않은 것은 참여도에 큰 차이가 있습니다.

CONTENTS

성경을 공부하기 전에 알아야 할 것들

1. 성경을 공부하는 이유와 목표는 말씀을 이해하고 깨닫기 위해서가 아닙니다. 그 또한 과정에 불과합니다. 말씀을 공부하는 궁극적인 이유는 마음을 다해, 뜻을 다해, 힘을 다해 하나님을 사랑하기 위해서입니다.

2. 성경 이해가 목적이 되면 지적 공부로 치우치기 쉽습니다. 신앙은 지식, 능력보다 인격적 관계가 중심이 되어야 합니다. 인격적 관계란 감각적 관계가 아닙니다. 귀로 듣고 눈으로 보는 관계가 아니라 하나님이 주신 지. 정. 의, 곧 지식, 마음, 뜻을 다해 존중하고 사랑하는 관계를 말합니다. 하나님은 우리와 인격적 관계를 원하십니다.

3. 사람은 하나님을 알수록 하나님과 사랑이 깊어지고 또 그럴수록 다른 사람을 온전히 사랑할 수 있습니다. 그러기에 성경을 많이 아는 것도 감사하지만, 보다 더 중요한 것은 한 구절 한 구절을 통해 하나님을 인격적으로 제대로 아는 것입니다.

4. 인간은 지식을 습득하고 훈련하면 변화되어 잘 살 수 있다는 생각은 소크라테스가 자기 행복을 위해서 지혜를 사랑하라고 했던 그리스 철학에서 온 사상입니다. 그러나 지식과 지혜를 얻는다고 인간의 본성은 변하지 않습니다. 성경을 공부하는 이유는 세상에서 잘 살기 위한 지식과 교훈을 얻기 위해서가 아닙니다. 그리스도로 믿음을 견고히 세우고 하나님과의 관계를 깊어지게 하기 위함입니다.

5. 성경에서 말하는 교육은 하나님의 말씀 앞에 서는 것입니다. 하나님은 말씀은 살아 있어 우리에게 하나님을 알게 하고 믿음을 갖게 합니다. 말씀은 우리로 하여금 하나님과 인격적 관계를 맺고 변화를 누리게 합니다.

   나도 모르게 그리스 철학 방식으로 지식을 추구하는 성경 공부가 되지 않도록 주의해야 합니다. 성경은 성령께서 우리의 눈을 열어 주셔야(계시) 비로소 그 참 의미를 깨달을 수 있습니다. 가르치는 사람도 배우는 사람도 겸손히 기도하며 하나님을 의지해야 합니다.

6. 진도보다 내용을 제대로 이해하고 다음 단계로 넘어갈 수 있도록 충분히 이야기 나누고, 다양한 방법으로 피드백 받아야 합니다. 특히 중요한 것은 말씀을 기준으로 자기 모습을 비춰 보고 기도하는 공부가 되어야 합니다.

이 책으로 공부하는 방법

1. 암송 말씀

제시된 성경 구절에서 먼저 뜻을 명확히 설명할 수 없는 단어가 있는지 확인합니다. 각자가 자기가 생각하는 뜻을 이야기하고, 한자어는 글자마다 그 뜻을 확인합니다. 그 이후 사전의 뜻을 확인합니다. 그렇지 않으면 알고 있었던 단어라고 생각하기 쉽습니다. (예:가축-家 집 가, 畜 짐승 축 = 집에서 기르는 짐승).

암송 구절은 [개역 개정]으로 해당 과가 끝날 때까지 암송합니다. [현대어 성경]은 말씀을 이해하기 위해 참고하세요.

2. 하브루타 강단 및 하브루타 활동

강단의 글은 한꺼번에 전부 읽지 말고 두 번 정도 나눠 읽기를 권합니다.

* 하브루타 강단 돌아 보기

제시된 질문에서 한두 가지 질문을 선택하고 자기 의견을 발표합니다. 한 사람이 발표한 후에 다른 사람은 [리액션 표]를 참고해 리액션하며 의견을 교환합니다.

* 성경적 개념 설명하기

제시된 질문에 관해 [하브루타 강단]에서 어떻게 설명하는지를 찾아보고 자기 의견을 발표합니다. 앞에서 발표한 사람과 같은 내용이어도 반드시 자기 방식으로 설명해야 합니다. 때론 두 사람씩 짝이 되어 의견을 교환하고 발표합니다.

* 핵심 내용 정리하기

짝과 함께 만화 내용에 맞도록 말풍선과 설명을 완성한 후 부연 설명합니다. 한 줄 요약은 반드시 각자 스스로 정의하고 발표합니다.

3. 요약하고 기도하기

말씀 다시 보기에 제시된 단어(문장)는 성경적 개념을 이해하는 것이 중요합니다. 짝과 함께 의논하며 개념을 요약 정의합니다.

제시된 회개 질문에 솔직한 자기 모습을 나눕니다. 주변의 예를 나눠도 좋습니다. 제시된 간구 내용에 대해서는 그 중요성을 이야기합니다. 마지막으로 결단은 각오와 다짐보다는 말이나 행동으로 확인할 수 있어야 합니다.

기도할 때는 스마트폰 등을 활용해 찬양을(예; 유튜브) 배경음악으로 크게 틀고, 서로 손을 맞잡고 작은 부흥회라는 마음으로 간절히 소리 내어 기도합니다.

✳ 이 책으로 공부하기 전에 ✳

1. 성경을 공부하는 목표는 말씀을 이해하고 깨닫기 위함이 아닙니다. 그 또한 과정에 불과합니다. 성경 하브루타의 목표는 마음을 다해 뜻을 다해 힘을 다해 하나님을 사랑하는 것입니다. 그러기에 한 구절 한 구절 제대로 아는 것이 중요합니다.

2. 지식을 습득하고 훈련하면 변화될 수 있다고 생각하는 것은 그리스 철학에서 온 사상입니다. 이는 성경에서 말하는 교육이 아니며 성경은 지식을 위한 책이 아닙니다. 새로운 지식을 얻는다고 사람의 본성은 변하지 않습니다.

   성경에서 말하는 교육은 하나님의 말씀 앞에 서게 함으로 살아계신 말씀으로 인한 변화를 얻는 것입니다. 나도 모르게 그리스 철학처럼 지식, 교훈, 깨달음을 추구하는 '가르침 중독'에 빠지지 않도록 주의해야 합니다.

3. 성경은 성령님이 우리의 눈을 열어 주셔야(계시) 비로소 깨달을 수 있습니다. 가르치는 사람도 배우는 사람도 겸손히 기도하며 성령을 의지해야 합니다. 성령을 만나면 말씀을 알아가는 일이 즐거운 특징이 있습니다(소요리문답1). 하나님은 진심으로 말씀을 배우고자 하는 사람에게 성령으로 계시하십니다.

4. 화분을 땅에서 떨어지게 하기 위해서는 최소한 세 개의 다리가 필요합니다. 신앙도 마찬가지로 환경, 성령 체험, 성경 지식의 다리가 튼튼해야 합니다.

   환경이 기독교 가정이라면 교회 나오는 일에 어려움이 없습니다. 그러나 체험도 없고 신앙 지식도 없다면 스스로 서 있기 힘듭니다. 어려서는 부모가 붙들어 주어 신앙생활을 잘하더라도 청소년, 청년이 되어 부모의 간섭을 벗어날 때가 되면 부실한 다리로 인해 겨우 명맥만 크리스천인 사람이 되거나 세상의 유혹을 이기지 못해 신앙을 떠나기 쉽습니다.

1과

하나님이 만든 세상

진도 보다 내용을 이해할 수 있도록 충분히 이야기 나누세요.

창세기 1장 27-28절

[개역 개정]

27 하나님이 자기 형상 곧 하나님의 형상대로 사람을 창조하시되
남자와 여자를 창조하시고
28 하나님이 그들에게 복을 주시며 하나님이 그들에게 이르시되
생육하고 번성하여 땅에 충만하라. 땅을 정복하라,
바다의 물고기와 하늘의 새와 땅에 움직이는
모든 생물을 다스리라 하시니라

[현대어 성경]

27 그리고 나서 하나님께서는 당신의 모습을 따라
당신을 닮은 사람을 창조하시되 남자와 여자로 만드시고
28 그들에게 이렇게 복을 내리셨다.
'딸아들 많이 낳아 그 후손들이 온 땅 위에 퍼져라. 땅을 정복하여라.
내가 바다에 사는 물고기와 하늘에 날아다니는 새와
땅 위에 기어다니는 온갖 짐승들을 다스릴 권한을 너희에게 주마.
너희는 그것들을 잘 다스리고 관리하여라'

교사 가이드

① 명확히 뜻을 모르는 단어는 먼저 각자 생각하는 뜻을 이야기합니다. ② 한자어 경우 교사가 글자마다 그 뜻을 알려주고 ③ 학생이 의미를 설명하면 교사가 의미를 바로잡아 줍니다. 처음부터 사전을 보면 알고 있지만, 설명만 못 했다고 생각하기 쉽습니다. 자기 생각과 사전을 비교하면 무엇을 잘못 알고 있었는지 알게 됩니다.

※ 예시] 가축 [家 집 가, 畜 짐승 축] – 집에서 기르는 짐승
* 학생이 스마트폰 사전을 사용할 경우, 두 사람이 하나의 폰을 사용합니다.
⑤ 성격적인 의미를 알아야 할 단어는 교사가 설명합니다.
※ 예시
* 창조-아무것도 없는 데서 새로운 것이 만든 하나님의 일
* 복-히브리어 'ברך바라크'는 '무릎을 꿇다'는 뜻입니다. 창 22:18에서 아브라함의 씨로 천하 만민이 복을 받는다고 합니다. 바울은 갈3:16에서 이 씨는 예수 그리스도라고 밝힙니다. 종합하면 그리스도를 통해 다시 하나님 말씀을 받은 것이며, 하나님과의 언약 관계의 회복을 의미하며, 예수 그리스도의 복음입니다.
* 어린 학생의 경우 복잡한 설명을 이해하기 어려울 수 있습니다. 우리에게 하나님과 행복한 관계를 만들어 주는 말씀과 예수 그리스도가 복이라고 설명합니다.
⑧ 성경의 의미를 생각하며 천천히 읽습니다. [현대어 성경]은 말씀의 의미를 이해하는 데 참고하고, 암송은 [개역 개정]으로 합니다.

제1과 - 하브루타 강단 1

서로 사랑하는 나라

　　진화론과 창조론은 근거를 가지고 있지만 두 가지 이론 모두 명확히 증명할 방법이 없어요. 이는 이해가 되는가 안되는가보다 무엇을 받아들일 것인지 믿음의 문제에요. 인류의 조상을 원숭이로 볼 것인지, 하나님이 창조한 고귀한 존재로 믿을 것인지 선택의 문제예요.

　　성경은 하나님이 세상을 창조했다고 해요. 그런데 영이신 하나님은 정해진 외형이 없는데 왜 아담을 하나님의 형상과 모양대로 창조했다고 할까요? 그 답은 모양이란 단어의 의미에 있어요.

　　히브리어 '데무트'는 '모양'뿐만 아니라 '닮았다'는 뜻도 있어요. 영어 성경도 'likeness, 닮았다'로 번역했어요. 인간은 하나님을 닮은 것이 많지만 그중에서 가장 중요한 것은 하나님처럼 '사랑할 수 있는 존재'라는 것이에요.

　　어떤 사람은 아담을 왜 죄짓는 부족한 존재로 만들었냐고도 하지만 그것은 '사랑'을 몰라서 하는 말이에요. 아담은 스위치만 켜면 노래하는 오르골이 아니에요. 로봇처럼 프로그래밍 되었거나 강요 때문이라면 그것은 사랑이 아니지요. 진정한 사랑은 자기 스스로 선택해야 하기 때문이에요.

　　그 소리는 아담이 하나님을 선택하지 않을 위험도 있다는 뜻이에요. 그럼에도 아담을 하나님의 모양대로 창조한 것은 그만큼 하나님은 아담과 서로 사랑하길 원하셨다는 의미에요. 태초에 원래 하나님이 만든 세상은 하나님과 아담 그리고 하와가 서로서로 더불어 사랑하는 나라였습니다.

* 참고 - 한자를 살피고 단어의 뜻을 알아보세요.
  강요 [强 굳세다. 세차다 要 요구하다] - 세차게 요구하다
  선택 [選 가려 뽑다. 擇 고르다] - 고르고 가려 뽑다
  태초 [太 크다. 初 처음] - 큰 세상이 처음 드러난 때
  창조 [創 비롯하.다 시작하다 造 짖다 만들다] - 만들고 지어진 시작

교사 가이드

① 읽기 전에 먼저 명확히 뜻을 모르는 단어를 확인하고 ② 교사가 한자의 뜻을 알려주고 학생이 의미를 설명해 보게 한 후 정확한 뜻을 바로잡아 줍니다. ③ 강단 글을 다 같이 소리 내어 읽고 ④ 질문으로 피드백합니다. 학생은 읽으라고 하니 글자를 소리로 바꿀 뿐일 때가 많습니다. 교사가 다시 설명한다고 집중하지 않을 것은 마찬가지일 것입니다. 집중하게 하는 좋은 방법은 교사가 질문하는 것입니다. * 교사의 판단에 따라 두 번 정도 나눠 읽어도 좋습니다. 그 경우, 단락마다 피드백합니다.

＊ 피드백 질문의 예시
　* 읽은 내용에서 가장 중요한 단어는 뭐라 생각하나요? 그 이유는 무엇인가요?
　* 하나님은 아담을 어떤 존재로 만들었다고 설명하나요?
　* 사랑할 수 있는 존재로서 아담이 가지고 있는 위험은 무엇이라고 설명하나요?
　* 하나님이 만드신 원래의 세상은 어떤 세상이라고 설명하나요?

하나님께서 말씀하시기를 "우리가 우리의 형상대로 우리의 모양을 따라 사람을 만들어 그들이 바다의 물고기와 공중의 새와 가축과 온 땅과 땅 위에 기는 모든 것을 다스리게 하자" 하시고
[창세기 1장 26절]

하나님의 모양대로 만들었다는 것은 아담도 하나님을 닮아 "사랑할 수 있는 존재'라는 뜻입니다.
내 사랑~ 아담아! 서로 사랑하며 행복하게 살자!

프로그램되거나 강요라면 사랑이 아닙니다. 사랑은 스스로 선택해야만 합니다.
나는 너의 신이다! 나를 무조건 사랑하거라!
OK 사랑한다! 주인아!

그것은 아담이 하나님을 선택하지 않을 위험이 있다는 의미입니다. 그런데도, 아담을 하나님의 모양대로 만든 것은 그만큼 하나님은 아담과 서로 사랑하길 간절히 원하셨다는 의미입니다.
태초에 하나님이 만든 세상은 모두가 하나님과 함께 서로 내 몸처럼 사랑하며 사는 세상이에요.

하브루타 활동

하브루타 강단 돌아 보기 질문 1~2개를 선택하고 의견을 발표하세요.

질문에 관련 있는 부분을 만화에서 찾고 그 내용과 함께 자기 의견을 설명하세요.

리액션 하기 의견을 들은 후에는 자기 생각과 비슷한 리액션 동작을 표현하고, 그 이유를 짧게 설명하세요. [복수 선택 가능]

👍	핵심을 정확히 설명했을 때		핵심만 간단히 설명하길 바랄 때
OK	내 의견과 비슷하다고 생각할 때	헐~	미처 생각하지 못한 것을 설명했을 때
	설명이 나에게 도움이 되었을 때	대박	설명을 듣다가 이해한 것이 생겼을 때
	듣다 보니 질문이 생길 때		발표 태도가 이전보다 개선됐을 때

교사 가이드

① 각자 제시된 질문에서 한두 가지를 선택하고 자기 의견을 나눕니다. ② 발표할 때는 만화에서 관련 부분을 찾고 더 불어 함께 설명합니다.

③ 발표한 사람에게 모두 돌아가며 리액션합니다. ④ 교사는 왜 그렇게 리액션했는지 질문합니다. 질문하면 다른 사람의 발표에 경청하게 만듭니다.

※ 피드백하는 또 다른 방법 – 교사가 시간 등 상황을 고려하여 진행합니다.

[1. 리액션 왕 뽑기]

모든 발표자는 받은 리액션 중에서 가장 맘에 든 리액션을 선택합니다. 모두 발표를 마친 후 가장 많이 선택받은 사람이 리액션 왕이 됩니다.

모두가 [리액션 왕 OOO 님을 뵙니다!]로 인사하고 박수로 축하합니다.

[2. 문해력 왕 뽑기] – 각자 질문을 하나씩 선택하고 내 질문에 대한 친구들의 의견 중에서 가장 마음에 드는 의견을 하나 선택한다. 가장 많이 선택받은 사람이 경청 왕이 됩니다. * 같은 질문을 선택하였다면 각자 마음에 드는 답을 하나씩 선택합니다.

[3. 친구에게 퀴즈 내기] – 각자 본문에서 퀴즈를 내고 가장 좋은 대답 또는 질문을 선정한다. 퀴즈를 모두 마친 후 동시에 가장 맘에 드는 것을 지목하여 결정한다.

두 사람이 짝이 되어 하나님은 아담을 왜 만들었는지를 사진 두 장을 사용하여 그 이유를 설명하세요.

교사 가이드

① 짝은 교사가 정해주고 사진을 선택합니다. 원하는 사람과 짝이 안 되면 실망하는 학생도 있습니다. 짝은 다시 바뀐다고 미리 말해 줍니다. ② 짝과 의견을 나눈 후 발표는 각자 합니다. 자기 의견이 앞서 발표한 사람과 같아도 반드시 자기표현으로 설명해야 합니다.

* 막연해하면 짝과 이야기를 나누는 동안 학생이 응용하도록 '나는 이렇게 생각해~' 독백하듯이 자연스럽게 교사가 자기 의견을 이야기해 줍니다.

❋ 예시

* 7번 사진-사랑하는 딸을 도와주며 행복한 아버지처럼 하나님은 아담을 사랑으로 보살피며 교제하길 원하여 창조하였다.

* 8번 사진-소년이 염소를 사랑으로 돌보듯 하나님은 아담이 세상과 이웃을 돌보며 모두가 하나님과 행복한 관계 속에 살도록 돕는 사명과 함께 창조되었다.

핵심 내용 정리 하기 자기 언어로 해설과 대사를 기록하고 설명하세요.

한 줄 요약 – 짝과 함께 문장을 완성하고 그 의미를 구체적으로 설명하세요.

아담을 하나님의 모양대로 창조한 이유는

____ 이다.

교사 가이드

핵심 내용 정리하기 ① 짝과 함께 만화의 밑줄과 말풍선에 대사를 기록한 후 ② 발표합니다. 앞 페이지의 만화에서 해설과 대사를 그대로 옮기지 않게 합니다. 학생 스스로 자기 방식으로 표현해야 어떻게 이해했는지 피드백 받을 수 있습니다.

한 줄 요약 ① 반드시 각자 스스로 정의한 한 후 요약하여 발표합니다. 학생이 요약 하는 동안 응용할 수 있도록 ② 교사가 자기 요약을 자연스럽게 읽어 줍니다.

※ **예시]** * 아담을 하나님의 모양대로 창조한 이유는 **아담도 사랑할 수 있게 존재로 만들어 서로 사랑하며 살기 원해서**이다.

* 본 교재의 예시는 저자의 요약일 뿐입니다. * 교사도 자기 요약을 만들기를 권합니다.

하나님이 만든 세상 17

제1과 - 하브루타 강단 2

말씀을 따라 사는 나라

하나님이 아담에게 가장 먼저 하신 일은 복을 주신 거예요. 그럼, 복은 무엇일까요? 부자가 되고, 원하는 것을 이루고, 유명해지는 것일까요? 성경에서 복은 아담이 하나님과 이웃과 행복하게 함께 살 수 있도록 주신 '말씀'이에요. 하나님은 복을 주시며 번성하라 하셨어요. 번성은 단순히 사람 숫자가 많아지는 것을 넘어 하나님을 따르는 공동체를 이루라는 뜻이지요.

뱀에게 유혹받았을 때 만약 하와가 아담과 의논했다면 어떻게 됐을까요? 또는 하나님을 찾아갔다면 어땠을까요? 인간은 서로 사랑하며 소통하는 공동체를 이룰수록 뱀의 유혹을 쉽게 물리칠 수 있어요. 하나님을 사랑하고, 말씀을 따르는 공동체는 사단이 침투할 수 없는 강력한 산성이 된답니다.

창세기 2장에 하나님은 아담에게 말씀 공동체를 이루어 '정복'하라고 하셨어요. 하나님은 에덴의 모든 것을 주셨는데 그럼 무엇을 정복하라고 한 것일까요? 정복은 말씀으로 사단의 유혹과 속임수를 물리치라는 뜻이에요.

사람들은 사랑을 마음이 끌리고 좋아하는 감정이라 생각하지만, 성경은 오래 참고, 온유하며, 자랑하지 않고, 시기하지 않으며 예의를 갖추는 것이 사랑이라 가르쳐요. 한 사람은 예의를 갖추며 사랑하지만, 상대는 함부로 말하고 무례하게 행동한다면 그 관계는 결국 지옥이 될 거예요. 하지만 서로가 사랑하면 천국을 누리게 돼지요. 하나님 나라는 말씀 공동체를 이루어 서로 사랑하는 세상이랍니다.

* 참고 - 한자를 살피고 단어의 뜻을 알아보세요.

번성 [繁 많다. 盛 채운다.] - 많이 채우다

정복 [征 치다. 服 옷] - 옷을 벗기다 (옷에는 세계관. 가치관 등 문화가 담겨있다)

유혹 [誘 꾀다. 속이다. 惑 의심하다] - 의심하게 만들어 속이다

무례 [無 없을 무. 禮 예도 례] - 예의가 없는

침투 [浸 적시다. 스며들다. 透 통하다] - 통과하여 스며들다

교사 가이드

① 먼저 명확히 뜻을 모르는 단어를 확인하고 ② 교사가 단어의 한자 뜻을 알려주고 학생이 의미를 설명합니다. ③ 강단 글을 함께 소리 내어 읽고 ④ 교사는 피드백을 위해 질문을 합니다. * 강단은 교사의 판단에 따라 두 번으로 나눠 읽습니다.

* 피드백 질문의 예시
* 하나님이 아담에게 가장 먼저 하신 일은 무엇인가요?
* 뱀의 유혹을 쉽게 물리치는 방법을 어떻게 설명하나요?
* 정복하라고 한 것은 무엇인가요?
* 하나님 나라는 어떤 나라라고 설명하나요?

* 성경적 개념 설명이 필요한 단어 예시
* 복-삶의 기준으로 주신 하나님의 말씀
* 번성-단지 사람 수가 많아지는 것을 넘어 하나님을 사랑하고 말씀을 따르는 공동체를 이루는 것이다. 곧 교회를 이루는 것이다.

하나님께서 그들에게 복을 주시며 그들에게 말씀하시기를 "자식을 많이 낳고 번성해 땅에 가득하고 땅을 정복하라. 바다의 물고기와 공중의 새와 땅 위에 기는 모든 생물을 다스리라" 하셨습니다. [창세기 1장 28절]

번성은 단순히 숫자가 많아지는 것을 넘어 말씀 안에서 하나님과 사람이 서로 사랑하는 공동체를 이루는 것입니다.

사랑은 인간의 힘으로 몇 번은 가능해도 계속 지속할 수는 없습니다. 사랑할 수 있는 힘은 하나님과 사랑의 관계에서 채워지기 때문입니다.

인간은 하나님과 사랑하는 공동체를 이루고 하나님 말씀을 신뢰하며 순종할 때 사단을 정복할 수 있습니다.

하나님 나라는 그 무엇보다 하나님과 관계가 중심인 나라입니다. 하나님과 서로 사랑하는 공동체는 가정도 교회도 모두 서로 사랑하며 천국의 은혜를 누리게 됩니다.

하브루타 활동

 ## 하브루타 강단 돌아 보기 질문 1~2개를 선택하고 의견을 발표하세요.

* 공부하며 생각난 질문이 있나요?　　　　* 이해가 안 되는 내용이 있나요?
* 오늘 처음 알게 된 내용이 있나요?　　　* 연관되어 떠오른 이야기가 있나요?
* 전에 알고 있었지만, 새롭게 다가온 내용은 무엇인가요?
* 공부한 내용에서 가장 중요한 핵심은 무엇이라 생각하나요?

질문에 관련 있는 부분을 만화에서 찾고 그 내용과 함께 자기 의견을 설명하세요.

___

 ## 리액션 하기 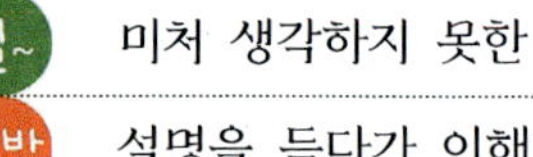 의견을 들은 후에는 자기 생각과 비슷한 리액션 동작을 표현하고, 그 이유를 짧게 설명하세요. [복수 선택 가능]

👍	핵심을 정확히 설명했을 때	🫰	핵심만 간단히 설명하길 바랄 때
OK	내 의견과 비슷하다고 생각할 때	헐~	미처 생각하지 못한 것을 설명했을 때
좋아요	설명이 나에게 도움이 되었을 때	대박	설명을 듣다가 이해한 것이 생겼을 때
👆	듣다 보니 질문이 생길 때	박수	발표 태도가 이전보다 개선됐을 때

교사 가이드

① 각자 제시된 질문에서 한두 가지를 선택하고 자기 의견을 이야기합니다. ② 발표할 때는 만화에서 관련 부분을 찾고 더 불어 함께 설명합니다.
③ 발표한 사람에게 모두 돌아가며 리액션합니다. ④ 교사는 왜 그렇게 리액션했는지 질문합니다. ⑤ 필요에 따라 질문과 의견을 더 주고받습니다.

＊ 피드백하는 또 다른 방법 – 교사가 시간 등 상황을 고려하여 진행합니다.

[1. 문해력 왕 뽑기] – 각자 질문을 하나씩 선택하고 모두의 의견을 듣고 가장 마음에 드는 의견을 하나 선택한다. 가장 많이 선택받은 사람이 경청 왕이 됩니다.
＊ 같은 질문을 선택하였다면 각자 마음에 드는 답을 하나씩 선택합니다.
[1. 퀴즈 대회]
선생님을 비롯해 모두가 단어 뜻과 강단의 내용에서 각자 질문을 만들어 친구에게 질문합니다. 퀴즈를 모두 마친 후 동시에 가장 맘에 드는 것을 지목하여 결정한다.
모두 [퀴즈왕 OOO 님을 뵙니다!]로 인사하고 박수로 축하합니다.

🌈 성경적 개념 설명하기

하나님은 아담과 하와에게 복을 주시며 무엇을 어떻게 하라고 하셨나요?

에덴에서 아담의 하루 일상을 특징만 간략히 그림으로 표현하고 설명하세요

교사 가이드

① 아담과 하나님이 에덴에서 구체적으로 어떻게 교제했는지 아는 사람은 아무도 없습니다. 하지만 분명한 것은 하나님과 아담은 깊고 친밀하게 소통했다는 것입니다. 하나님과 함께하는 아담과 하와의 일상을 시간과 장소로 구분하여 상상하고 그림으로 표현합니다. 주의할 점은 그림에 너무 시간을 허비하지 않도록 특징만 표현하고 설명에 중점을 두도록 합니다. 교사 판단에 따라 짝 활동도 좋습니다. ② 선생님도 자기 것을 그리며 중계방송하듯이 설명해 주면, 학생에게 도움이 됩니다.

* 선생님은 하나님과 이웃과 더불어 서로 사랑하는 아담과 말씀을 따르도록 다른 사람을 섬기는 내용이 포함되어 있는지 피드백합니다.

✻ 예시 – 아침에 하나님과 할 일을 점검했을 것 같아~

한 줄 요약 – 짝과 함께 문장을 완성하고 그 의미를 구체적으로 설명하세요.

하나님이 아담에게 먼저 복을 주신 이유는

__________________________________ 이다.

교사 가이드

핵심 내용 정리하기 ① 짝과 함께 만화의 밑줄과 말풍선에 대사를 기록한 후 ② 발표합니다. 앞 페이지 만화에서 해설과 대사를 그대로 옮기지 않게 합니다. 학생 스스로 자기 방식으로 표현해야 어떻게 이해했는지 피드백 받을 수 있습니다.

한 줄 요약 ① 반드시 각자 스스로 정의한 한 후 발표합니다. 학생이 요약하는 동안 응용할 수 있도록 ② 교사가 자기 요약을 자연스럽게 읽어 줍니다.

 ＊ 예시 – 하나님이 아담에게 먼저 복을 주신 이유는 아담이 판단의 기준으로 삼아 사단의 유혹을 이기고 모두 하나님 안에서 사랑하며 살 수 있도록 하기 위함이다.

 * 본 교재의 예시는 저자의 요약일 뿐입니다. * 교사도 자기 요약을 만들기를 권합니다.

요약하고 기도하기

📝 말씀 다시 보기

밑줄이 누구를 말하는지 (어떤 의미인지) 이야기한 후 뜻을 생각하며 천천히 읽으세요.

창세기 1장 [우리말성경]

26 하나님께서 말씀하시기를 "<u>우리가</u> ______________ 우리의 형상대로 <u>우리의 모양</u>

<u>을 따라 사람을 만들어</u> ______________________ 그들이 바다의

물고기와 공중의 새와 가축과 온 땅과 땅 위에 기는 모든 것을 다스리게 하자" 하시고

....

28 하나님께서 그들에게 <u>복을</u> ______________ 주시며 그들에게 말씀하시기를 "자식

을 많이 낳고 <u>번성해 땅에 가득하고</u> ______________

<u>땅을 정복하라</u> ______________
바다의 물고기와 공중의 새와 땅 위에 기는 모든 생물을 다스리라" 하셨습니다.

교사 가이드

가급적 개인이 스스로 정리하면 좋지만, 상황에 따라 교사가 짝을 만들어 주고 함께 의논하여 기록한 후 교사에게 확인받게 합니다.

※ **예시** –창세기 1장 [우리말성경]
26 하나님께서 말씀하시기를 "<u>우리가</u> **[하나님, 예수님, 성령님]** 우리의 형상대로 <u>우리의 모양을 따라 사람을 만들어</u> **[우리를 닮아 사랑할 수 있도록 사람을 만들어]** 그들이 바다의 물고기와 공중의 새와 가축과 온 땅과 땅 위에 기는 모든 것을 다스리게 하자"
하시고 .... 28 하나님께서 그들에게 <u>복을</u> **[말씀을]** 주시며 그들에게 말씀하시기를 "자식을 많이 낳고 <u>번성해 땅에 가득하고</u> **[하나님을 사랑하고 따르는 많은 자손을 낳고]** <u>땅을 정복하라</u> **[사단의 모든 속임수가 타지 못하게 하라]** 바다의 물고기와 공중의 새와 땅 위에 기는 모든 생물을 다스리라" 하셨습니다.

📝 제1과 요약 하기

2~3명이 짝이 되어 하나님이 아담을 만드신 이유와 아담이 하나님 나라에서 살아가는 방식이 포함되도록 아래 문장을 완성하세요.

하나님이 만든 세상은 ___________________ 입니다.

___________________________ 하셨습니다.

하나님은 아담에게 ______ 을 주시고, ___________________
하나님 나라가 나에게 주는 축복은 _______________________
___________________________________입니다.

교사 가이드

① 짝 활동 전에 먼저 각자 스스로 문장을 완성합니다. ② 1분 정도 후 교사가 자연스럽게 자기 요약을 읽어 주며 도움을 줍니다. ③ 어느 정도 완성 후에는 다시 짝과 함께 서로의 요약을 통해 자기 요약을 보완하거나 하나의 요약으로 통일합니다.

✳ 예시
하나님이 만든 세상은 **하나님과 이웃과 서로 사랑하는 나라**이다. 하나님은 아담에게 **말씀**을 주시고, **하나님 말씀을 따르는 공동체를 만들어 단의 거짓말을 물리치고 서로 도우며 살라고** 하셨습니다.
하나님 나라가 나에게 주는 축복은 **가족과 우리 반의 친구들이며** 이다.

작은 기도 부흥회

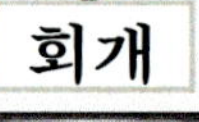

회개　자신을 돌아보고 앞으로 하지 말아야 할 일들을 나누세요.

1) 하나님과의 관계에 대해 무관심했던 나의 모습은?

____

2) 하나님보다 다른 것을 더 좋아하고 우선했던 나의 모습은?

____

3) 그밖에 나누고 싶은 질문 _______________________________

교사 가이드

회개 없는 변화와 성장은 없습니다. 제시된 질문에 대한 자기 모습을 발견하는 것이 중요하지만 처음부터 자기 모습을 이야기하라고 하면 부담스러울 수 있습니다. ①교사가 먼저 예시를 이야기해 주고 ② 학생은 비슷한 주변 모습이나 누군가에게 들은 이야기 등을 이야기합니다. ③ 이야기 나온 내용 중에서 자기와 비슷한 모습을 각자 이야기합니다. 교사가 먼저 솔직한 자기 모습을 나누면 학생에게 도움이 됩니다.

＊ 예시

1) 하나님과의 관계에 대해 무관심했던 나의 모습은?
  ＊ 기대와 믿음도 없이 기도할 때 눈만 감고 있던 내 모습
  ＊ 늘 해오던 일이어서 별생각 없이 예배에 참여하는 모습
  ＊ 설교는 나와 상관없고 예배 시간에 듣는 이야기로 생각했다.
  ＊ 하나님 마음에는 관심 없던 내 모습
2) 하나님보다 다른 것을 더 좋아하고 우선했던 나의 모습은?
  ＊ 친구들과 놀고 싶어 예배가 빨리 끝나길 바라던 내 모습
  ＊ 성경 공부에 참여해도 하나님에게 관심이 없었다.
  ＊ 시험 때가 되면 교회보다 학원으로 갔던 모습 (평소에 공부 안 함)
  ＊ 평소에는 하나님에게 관심도 없다가 아쉬울 때만 기도하는 모습

간구　내 힘으로 할 수 없기에 하나님의 도움이 필요한 일을 나누세요.

 1) 하나님과 사랑의 관계를 깊이 경험하게 하소서!
 2) 말씀이 내 삶의 견고한 기준이 되게 하소서!
 3) 그밖에 기도하고 싶은 것 —————————————————

교사 가이드

① 제시된 내용이 왜 중요한지 교사가 이야기해 주고 ② 그에 대한 각자의 생각을 나눕니다. ③ 제시된 내용처럼 되지 않았을 경우 어떤 일이 일어날지 생각해 보는 것도 좋은 방법입니다.

예) 하나님과 사랑의 관계를 경험하지 못한 채 교회에 다니면 나중에 어떻게 될까요?

＊ 예시

1) 하나님과 사랑의 관계를 깊이 경험하게 하소서!
  ＊ 하나님과 사랑하는 관계가 되어야 한다는 것을 생각하지 못했다. 그냥 예배만 잘 드리면 되는 줄 알았다.
2) 말씀이 내 삶의 견고한 기준이 되게 하소서!
  ＊ 사단의 유혹은 말씀으로만 이길 수 있다.

 각오나 다짐이 아닌 확인 가능한 실천을 나누세요.

교사 가이드

* 결단은 각오와 다짐보다는 말이나 행동으로 확인할 수 있는 것으로 정합니다.
✳ 예시 – 하루에 신약 성경에서 예수님 이야기 하나씩 읽기

#. 나눔 후, 스마트폰 등을 사용하여 찬양과 함께
서로 손을 맞잡고 큰 소리로 기도하세요.

교사 가이드

⊙ 기도할 때는 스마트폰 등을 활용해 찬양을(예; 유튜브) 배경음악으로 크게 틀고,
모두 손을 맞잡고 작은 부흥회라는 마음으로 간절히 소리 내어 기도합니다.

⊙ 학생 중에는 소리 내어 기도하는 일이 어색하고 경험이 없는 경우도 많습니다.
기도에 집중하지 않고 기도하는 사람을 살펴보거나 심지어 키득거리는 학생도 있
을 수 있습니다. 교사는 개의치 않고 기도에 집중하는 것이 중요합니다. 몇 번
경험하면 자연스럽게 익숙해지고 기도에 동참합니다.

⊙ 지도가 필요한 학생은 개인적으로 따로 불러 따뜻하게 기도의 중요성을 권면합
니다.

우리의 거룩한 항해는 주님이 선장입니다.

2과

죄의 본질

진도 보다 내용을 이해할 수 있도록 충분히 이야기 나누세요.

창세기 3장 4-6절

[개역 개정]

4 뱀이 여자에게 이르되 너희가 결코 죽지 아니하리라
5 너희가 그것을 먹는 날에는 너희 눈이 밝아져 하나님과 같이 되어
선악을 알 줄 하나님이 아심이니라
6 여자가 그 나무를 본즉 먹음직도 하고 보암직도 하고
지혜롭게 할 만큼 탐스럽기도 한 나무인지라
여자가 그 열매를 따먹고 자기와 함께 있는 남편에게도 주매 그도 먹은지라

[현대어 성경]

4 그러자 뱀이 여자에게 속삭였다.
'걱정하지 말아. 그 열매를 따먹는다 해도 절대로 죽지 않아.
5 오히려 그 열매를 따먹기만 하면 너희 눈이 밝아질 거야.
그렇게 되면 무엇이 좋고 무엇이 나쁜 일인 줄 분간할 수가 있게 되지.
다시 말하면 너희도 하나님처럼 될 수 있다는 말이지.
하나님도 이걸 아시고 그 나무 열매를 따먹어서는 안 된다고 하신 거야'
6 여자가 그 나무를 쳐다보니 그렇게 근사하게 보일 수가 없었다.
또 그 열매도 어찌나 탐스럽게 열렸던지 먹음직스럽기까지 하였다.
그 열매를 따먹으면 금방이라도 영리해질 것같이 보였다.
그래서 여자는 손을 내밀어 그 열매를 따먹었다.
또 그 열매를 따서 자기와 한 몸이 된 남자에게도 주었다.

교사 가이드

① 명확히 뜻을 모르는 단어는 교사가 글자마다 한자의 뜻을 알려주고 ② 학생이 의미를 설명한 후 뜻을 바로잡아 줍니다.
③ 성격적인 의미를 알아야 할 단어는 교사가 설명해 줍니다.
＊ 예시
 ＊ 죽다-생물학적 죽음은 영혼과 몸이 분리되는 것이지만, 영적 죽음은 하나님과 분리되어 영원한 고통만 있는 지옥에 갇히는 것이다.
 ＊ 선악을 안다 – 선과 악을 판단하는 지위에 앉는다.

④ 의미를 생각하며 성경을 천천히 읽습니다. [현대어 성경]은 말씀의 의미를 이해하는 데 참고하고, 암송은 [개역 개정]으로 합니다.

제2과 - 하브루타 강단 1

내 맘대로 살고 싶은 욕심

　　죄가 성립하려면 먼저 상대가 있어야 해요. 무인도에서 혼자 어떤 말, 어떤 행동을 해도 죄가 되지 않아요. 상대가 없기 때문이죠. 상대가 있어도 약속이 없다면 죄가 될 수 없어요. 친구가 아무리 늦게 와도 시간을 약속하지 않았다면 죄가 될 수 없어요. 죄는 관계 속에 맺어진 약속을 깨는 것이랍니다.

　　하나님은 아담과 함께 서로 사랑하며 영원히 살길 원하였어요. 하나님은 아담과 약속을 맺었어요. 하나님은 에덴의 모든 것을 아담에게 맡기시며 한 가지를 요구하셨어요. 하나님을 주인(왕)으로 인정하는 것이에요. 그리고 언약을 잊지 않도록 동산 중앙에 선악을 알게 하는 나무를 두었어요. 그리고 아담에게 그 열매를 절대 먹지 말라 하셨지요.

　　아담과 하와는 하나님과 사랑할 뿐만 아니라 서로를 사랑하며 즐겁고 행복하게 살고 있었어요. 어느날 혼자 있는 뱀이 다가와 하와를 교활하게 속여 선악과를 먹게 했어요. 먹어도 죽지 않을 뿐만 아니라 오히려 눈이 밝아져 하나님처럼 선악을 알게 되니 자기 맘대로 살 수 있다고 한 거예요.

　　자기 맘대로 살고 싶은 욕심이 생기니 선악과가 먹음직스럽고 탐스럽게 보였어요. 선악과 사건은 단순히 과일 하나를 몰래 먹은 사건이 아니에요. 하나님을 인정하지 않고 내 맘대로 살겠다는 배반이에요. 하나님 말씀보다 자기 맘대로 살려는 욕심과 그렇게 살 수 있다는 교만이 바로 죄의 뿌리랍니다.

*** 참고 - 한자를 살피고 단어의 뜻을 알아보세요.**
약속 [約 맺을 약 束 묶을(결박) 속] - 서로를 묶고 결박할 일을 맺다.
배반 [背 등. 叛 배반하다/배반(排班) 밀쳐 갈라서다] - 등(뒤)에서 밀쳐 내고 갈라서다.
교활 [狡 간교하다. 猾 어지럽히다. 가지고 놀다] - 간교하게 가지고 놀고 어지럽히다.
교만 [驕 버릇없다. 잘난체하다. 慢 업신여기다] - 잘난체 하는 버릇 업신여기는 버릇

교사 가이드

① 강단 글을 읽기 전에 명확히 뜻을 모르는 단어를 찾고 선생님의 도움을 받아 한자의 뜻을 확인하고 의미를 설명합니다. ② 강단 글을 모두 함께 소리 내어 읽고 ③ 피드백합니다. * 교사의 판단에 따라 두세 번 나눠 읽어도 좋습니다.

*** 피드백 질문의 예시**
 * 가장 중요한 장면은 무엇일까? 그 이유는?
 * 아담이 선악과를 먹은 이유를 무엇이라 설명하나요?
 * 뱀은 왜 하와에게 접근했나요?
 * 뱀이 하와를 속인 것은 무엇이 있나요?

*** 성경적 개념 설명이 필요한 단어 예시**
 * 죄-사람과 사람 사이에 맺은 약속을 깬 행위
 * 죽음-단순히 육체적 죽음을 넘어 하나님과 영원히 단절되어 말로 표현할 수 없는 고통에 갇히는 것

서로 사랑하던 하나님과 아담, 하와 사이에
무슨 일이 생긴 것일까요?

여호와 하나님께서 만드신 들짐승 가운데 뱀이 가장 교활했습니다. 그가 여자에게
신난다
칫

말했습니다. "정말 하나님께서 '동산의 어떤 나무의 열매도 먹으면 안 된다'라고 말씀하셨느냐?" [창세기 3장 1절]
뭘 모르시는군! 죽긴 왜 죽어!
안 돼! 동산 중앙에 있는 열매는 먹으면 죽는다고!

ㅎㅎ 하나님처럼 오히려 눈이 밝아져 선악을 알게 되지!
하나님처럼 히히

내 맘대로 할 수 있다는 욕심이 생기니 열매가 먹음직스럽고 탐스럽게 보였습니다.
이거 먹어도 안 죽어! ㅋㅋ
하나님처럼 된데!
꿀꺽

하지만 하나님과 약속을 헌신짝처럼 버렸는데 뱀의 말은 모두 거짓이었습니다.
까악!
저리 가! XX
웬일이야! 부끄 부끄!
ㅋㅋ

모든 사람이 죄를 범하였으매 하나님의 영광에 이르지 못하더니... 로마서 3:23
어떡하지? 전부다 하와 너 때문이야! ㄲㄲ

 하브루타 강단 돌아 보기 질문 1~2개를 선택하고 의견을 발표하세요.

> * 공부하며 생각난 질문이 있나요?　　　　* 이해가 안 되는 내용이 있나요?
> * 오늘 처음 알게 된 내용이 있나요?　　　* 연관되어 떠오른 이야기가 있나요?
> * 전에 알고 있었지만, 새롭게 다가온 내용은 무엇인가요?
> * 공부한 내용에서 가장 중요한 핵심은 무엇이라 생각하나요?

질문에 관련 있는 부분을 만화에서 찾고 그 내용과 함께 자기 의견을 설명하세요.

 리액션 하기 의견을 들은 후에는 자기 생각과 비슷한 리액션 동작을 표현하고, 그 이유를 짧게 설명하세요. [복수 선택 가능]

👍	핵심을 정확히 설명했을 때	🤟	핵심만 간단히 설명하길 바랄 때
OK	내 의견과 비슷하다고 생각할 때	헐~	미처 생각하지 못한 것을 설명했을 때
	설명이 나에게 도움이 되었을 때	대박	설명을 듣다가 이해한 것이 생겼을 때
	듣다 보니 질문이 생길 때		발표 태도가 이전보다 개선됐을 때

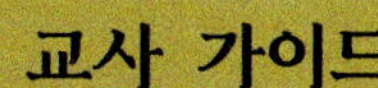

교사 가이드

① 각자 제시된 질문 중에서 한두 가지를 선택하고 자기 의견을 이야기합니다. ② 발표할 때는 만화에서 질문에 관한 부분을 찾고 더 불어 함께 설명합니다.

③ 발표한 사람에게 모두 돌아가며 리액션합니다. ④ 교사는 왜 그렇게 리액션했는지 질문합니다. 장난스럽게 리액션하는 사람은 지양하게 되고, 다른 사람 발표에 더 집중하게 만듭니다. ⑤ 필요에 따라 질문과 의견을 더 주고받습니다.

＊ 피드백하는 또 다른 방법 - 교사가 시간 등 상황을 고려하여 진행합니다.
[1. 리액션 왕 뽑기]
모든 발표자는 받은 리액션 중에서 가장 맘에 든 리액션을 선택합니다. 모두 발표를 마친 후 가장 많이 선택받은 사람이 리액션 왕이 됩니다.
모두가 [리액션 왕 OOO 님을 뵙니다!]로 인사하고 박수로 축하합니다.

[2. 문해력 왕 뽑기] - 각자 질문을 하나씩 선택하고 내 질문에 대한 친구들의 의견 중에서 가장 마음에 드는 의견을 하나 선택한다. 가장 많이 선택받은 사람이 경청 왕이 됩니다. ＊ 같은 질문을 선택하였다면 각자 마음에 드는 답을 하나씩 선택합니다.
[3. 친구에게 퀴즈 내기] - 각자 본문에서 퀴즈를 내고 가장 좋은 대답 또는 질문을 선정한다. 퀴즈를 모두 마친 후 동시에 가장 맘에 드는 것을 지목하여 결정한다.

성경적 개념 설명하기

아담이 하나님과의 약속을 버린 이유를 사진 2장과 함께 설명하세요.

교사 가이드

① 자기 생각을 반영한 사진을 선택하고 설명합니다. ② 학생이 응용하도록 교사가 먼저 자기 의견을 발표합니다. ③ 학생이 여전히 어려워하면 두 사람씩 짝을 만들어 주면 좀 더 부담 없이 생각을 정리할 수 있습니다. ④ 어느 정도 시간이 흐르면 다시 짝을 바꿔 서로 자기 의견을 설명합니다. ⑤ 이후 전체 앞에서 한 사람씩 돌아가며 발표합니다. 반복하는 것 같지만, 거듭할수록 생각이 넓어지고 더욱 논리적으로 요약 정리됩니다.

❋ 예시

* 2번 사진처럼 사랑하겠다는 약속을 깨 버린 사람처럼 하나님만 사랑한다고 했던 약속을 저버린 것이 죄이다.

* 5번 사진의 왕좌의 주인을 하나님으로 인정하지 않고 자신이 왕이 되어 자기 뜻과 마음대로 살겠다는 하나님을 향한 반역이다.

  학생에게 심하게 리액션해 주세요~~~♥ ❝학생이 더욱 신이 날것입니다.❞

한 줄 요약 – 짝과 함께 문장을 완성하고 그 의미를 구체적으로 설명하세요

아담이 죄를 지은 이유는

이다.

교사 가이드

핵심 내용 정리하기 ① 짝과 함께 만화의 밑줄과 말풍선을 채운 후 ② 발표합니다.

한 줄 요약 ① 각자 스스로 요약한 한 후 발표합니다. 학생이 요약하는 동안 응용할 수 있도록 ② 교사가 자기 요약을 자연스럽게 읽어 줍니다.

예시] 아담이 죄를 지은 이유는 **하나님의 말씀보다 자기 뜻대로 살고 싶은 욕심**이다.

죄의 후폭풍

죄는 한 번 저지른 사건으로 끝나지 않아요. 죄악이 우리 영혼에 스며들어 계속해서 우리를 엉망진창으로 만들지요. 아담은 뱀의 말처럼 눈이 밝아지기는커녕 오히려 어두워져서 부끄러워하지 않던 것을 부끄러워하고, 내 몸처럼 사랑하던 하와는 핑계와 원망의 대상이 되었어요. 아담의 아들 가인은 동생 아벨을 시기하여 돌로 쳐 죽이는 비참한 사람이 되었어요.

오늘날도 사람들은 아담처럼 눈이 어두워 정말 중요한 것은 가볍게 여기고, 없어도 그만인 것에는 목숨을 걸려고 하죠. 죄가 무서운 것은 그 대가가 이 세상의 고통뿐으로 끝나지 않기 때문이에요. 말로 표현하기 힘든 고통이 있는 영원한 심판이 기다리고 있어요. 그런데도 사람들은 심판을 무서워하지도, 신경 쓰지도 않아요. 불행을 자기 죄가 아닌 환경이 때문이고 생각해요.

하나님과의 관계가 깨지면, 모든 것이 엉망진창이 되어요. 잘못이 드러나도 회개할 줄 모르고 변명하고 핑계 대기 바쁘죠. 아담의 모습은 우리들의 모습을 보여 주는 것에요. 가인도 아담처럼 자기를 돌아볼 줄 모르고 남의 탓만 하고, 핑계 대고, 자기 책임을 피하려고만 했어요.

인간은 마치 화병에 담긴 꽃처럼 아무리 좋은 처방을 해도 결국 시들고 죽게 되어요. 줄기에서 잘렸기 때문이죠. 인간의 모든 불행은 하나님과 단절되었기 때문이에요. 지금은 숨 쉬고 살아있는 것처럼 보여도 죄지은 인간은 꽃병의 꽃처럼 결국 무서운 심판을 받아야 해요. 우리에게는 소망이 없답니다.

* 참고 - 한자를 살피고 단어의 뜻을 알아보세요.
대가 [代 대신한다.. 價 값] - 값을 대신하다
단절 [斷 끊다 切 끊다] - 완전히 가르다
처방 [處 살다 方 방향] - 살 수 있는 방향
소망 [所 바. 위치 望 바라다] - 바라는 것 또는 위치

교사 가이드

① 명확히 뜻을 모르는 단어를 먼저 확인하고 ② 한자의 뜻은 교사가 알려주고 학생이 의미를 설명합니다. ③ 선생님의 판단에 따라 강단 글을 한 번 또는 두 번으로 나눠서 소리 내어 다 같이 읽고 ④ 질문으로 피드백합니다.

* 피드백 질문의 예시
 * 가장 중요한 장면은 무엇일까요? 그 이유는?
 * 읽은 내용에서 가장 중요한 단어는 뭐라 생각하나요?
 * 하와는 왜 선악과를 먹었다고 하나요?
 * 죄로 인해 달라진 인간의 모습은 무엇이 있다고 설명하나요?
 * 죄로 인한 결말은 무엇이라고 설명하나요?

* 성경적 개념을 알아야 단어 예시
 * 심판-하나님과 분리되어 말로 설명할 수 없는 고통이 있는 지옥에 영원히 갇히는 것
 * 죄 - 관계 속에 맺어진 약속을 깨는 것, 하나님과 아담이 맺은 약속을 깬 행위

죄는 한번 일어난 일로 끝나지 않고 영혼에 들러붙습니다. 죄가 들러붙으면 영혼은 어둠으로 물듭니다.

또 자기 잘못을 보지 못하게 하고 핑계를 대고 원망하게 만듭니다.

죄로 인해 하나님과 관계가 깨지면 모든 것이 엉망 진창이 됩니다.

죄지은 사람은 줄기에서 잘린 꽃처럼 어떤 처방을 해도 열매 맺지 못하고 시들어 죽게 됩니다.

 **하브루타 강단 돌아 보기** 질문 1~2개를 선택하고 의견을 발표하세요.

> * 공부하며 생각난 질문이 있나요?　　　　* 이해가 안 되는 내용이 있나요?
> * 오늘 처음 알게 된 내용이 있나요?　　　* 연관되어 떠오른 이야기가 있나요?
> 　　　* 전에 알고 있었지만, 새롭게 다가온 내용은 무엇인가요?
> 　　　* 공부한 내용에서 가장 중요한 핵심은 무엇이라 생각하나요?

질문에 관련 있는 부분을 만화에서 찾고 그 내용과 함께 자기 의견을 설명하세요.

 **리액션 하기** 의견을 들은 후에는 자기 생각과 비슷한 리액션 동작을 표현하고, 그 이유를 짧게 설명하세요. [복수 선택 가능]

👍	핵심을 정확히 설명했을 때	💗	핵심만 간단히 설명하길 바랄 때
ok	내 의견과 비슷하다고 생각할 때	헐~	미처 생각하지 못한 것을 설명했을 때
	설명이 나에게 도움이 되었을 때	대박	설명을 듣다가 이해한 것이 생겼을 때
	듣다 보니 질문이 생길 때		발표 태도가 이전보다 개선됐을 때

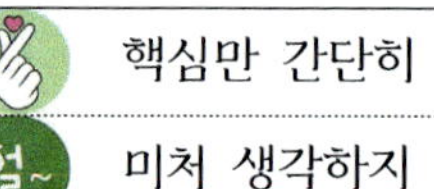

교사 가이드

① 각자 제시된 질문 중에서 한두 가지를 선택하고 자기 의견을 이야기합니다. ② 발표할 때는 만화에서 질문에 관한 부분을 찾고 함께 설명합니다.

③ 발표한 사람에게 모두 돌아가며 리액션합니다. ④ 교사는 왜 그렇게 리액션했는지 질문합니다. 장난스럽게 리액션하는 사람은 지양하게 되고, 다른 사람에 집중하게 만듭니다. ⑤ 필요에 따라 질문과 의견을 더 주고받습니다.

***피드백하는 또 다른 방법** – 교사가 시간 등 상황을 고려하여 진행합니다.

[1. 리액션 왕 뽑기]

모든 발표자는 받은 리액션 중에서 가장 맘에 든 리액션을 선택합니다. 모두 발표 후 가장 많이 선택받은 사람이 리액션 왕이 됩니다.

모두는 [리액션 왕 OOO 님을 뵙니다!]로 인사하고 박수로 축하합니다.

[2. 문해력 왕 뽑기] – 각자 질문을 하나씩 선택하고 모두의 의견을 듣고 가장 마음에 드는 의견을 하나 선택한다. 가장 많이 선택받은 사람이 경청 왕이 됩니다.

* 같은 질문을 선택하였다면 각자 마음에 드는 답을 하나씩 선택합니다.

🎨 성경적 개념 설명하기 – 죄가 무엇인지, 그 대가가 무엇인지 사진을 이용해 짝과 의논 후 각자 설명하세요.

교사 가이드

① 짝과 함께 사진을 선택하고 죄에 대해 생각나는 것을 모두 이야기합니다. ② 학생이 발표를 준비하는 동안 교사가 자기 의견을 들려주면 도움이 됩니다.
③ 어느 정도 생각이 정리됐다 싶으면 ④ 다시 짝을 바꿔 서로 자기 의견을 설명합니다. 생각을 더 잘 정리할 수 있습니다. ⑤ 전체 앞에서 돌아가며 발표합니다.

※ 예시
* 2번 사진처럼 사랑하겠다는 약속을 깨 버린 잘못으로 인해 관계가 깨진 것처럼 하나님만 사랑한다고 했던 약속을 저버린 것이 하나님께 지은 죄이다.

* 5번 사진 – 보좌의 주인, 하나님으로 인정하지 않고 자신이 왕이 되어 자기 뜻과 마음대로 살겠다는 하나님을 향한 반역이 죄이다.

* 9번처럼 죄는 하나님 보다 자기의 이기적 행복을 위해 다른 것을 더 좋아하고 추구하는 것이다.

핵심 내용 정리 하기 자기 언어로 해설과 대사를 기록하고 설명하세요.

한 줄 요약 – 짝과 함께 문장을 완성하고 그 의미를 구체적으로 설명하세요.

죄로 인한 결과는

이다.

교사 가이드

핵심 내용 정리하기 ① 짝과 함께 만화의 밑줄을 채워 완성하고 말풍선에 대사를 기록한 후 ② 발표합니다. 앞 페이지 만화에서 해설과 대사를 그대로 옮기지 않게 합니다.

한 줄 요약 ① 반드시 각자 스스로 정의한 한 후 발표합니다. 학생이 요약하는 동안 응용할 수 있도록 ② 교사가 자기 요약을 자연스럽게 읽어 줍니다.

※ 예시 – 죄로 인한 결과는 다른 사람과 미워하고 싸우고 세상이 나에게 엉겅퀴를 내어 괴롭고 결국 지옥에 영원히 떨어지는 것이다.

* 본 교재의 예시는 저자의 요약일 뿐입니다. * 교사도 자기 요약을 만들기를 권합니다.

요약하고 기도하기

📝 말씀 다시 보기

밑줄이 누구를 말하는지 (어떤 의미인지) 이야기한 후 뜻을 생각하며 천천히 읽으세요.

창세기 3장 [우리말성경]

[1]여호와 하나님께서 만드신 들짐승 가운데 <u>뱀이</u>   가장 교활했습니다.

그가 <u>여자</u>   에게 말했습니다. "정말 하나님께서 '동산의 어떤 나무의 열매도 먹으면 안 된다'라고 말씀하셨느냐?" ....
[5]이는 <u>너희가</u>   그것을 먹는 날에는 너희 눈이 열려서 너희가 선과 악을 아시는 <u>하나님처럼 될 것을</u>   하나님께서 아시기 때문이다." [5절 – 뱀의 거짓말]

교사 가이드

가급적 개인이 스스로 정리하면 좋지만, 상황에 따라 교사가 짝을 만들어 주고 함께 의논하여 기록한 후 교사에게 확인받게 합니다.

※ **예시 – 창세기 3장** [1]여호와 하나님께서 만드신 들짐승 가운데 <u>뱀이</u> [사단] 가장 <u>교활했습니다.</u>[자기 맘대로 살도록 속이는 일에 능숙했습니다.]

그가 <u>여자</u>[하와]에게 말했습니다. "정말 하나님께서 '동산의 어떤 나무의 열매도 먹으면 안 된다'라고 말씀하셨느냐?" ....
[5]이는 <u>너희가</u> [아담과 하와] 그것을 먹는 날에는 너희 눈이 열려서 너희가 선과 악을 아 시는 <u>하나님처럼 될 것을</u>[선악을 판단하는 지위에 오를 것을] 하나님께서 아시기 때문이다." [5절은 뱀의 거짓말]

📝 제2과 요약 하기

2~3명이 짝이 되어 하와를 유혹하는 사단의 전략과 선악과의 의미가 포함되도록 아래 문장을 완성하세요.

사단은 하와를 무너뜨리기 위해 _______________________ _______________________ 속였습니다.

하와가 선악과를 먹은 이유는 _______________________ 하기 위해서입니다. 아담과 하와가 선악과를 먹은 의미는 _______________________ 입니다. 그 결과 인간은_______________________ 하게 되었습니다.

① 짝과 함께 요약 문장을 작성합니다. ② 중간에 교사가 자신의 요약을 읽어 주어 응용하게 합니다. ③ 어느 정도 완성한 다음에 짝을 바꿔서 서로의 요약을 보고 자기 요약을 보완하거나 하나의 요약으로 완성합니다.

> ✻ 교사의 예시
> 사단은 하와를 무너뜨리기 위해 혼자 있을 때 조용히 접근해서 하나님 말씀에 거짓을 더해서 속였습니다. 하와가 선악과를 먹은 이유는 하나님처럼 자기 맘대로 살기 위해서 입니다. 아담과 하와가 선악과를 먹은 의미는 하나님과의 약속을 배반한 것입니다. 그 결과 인간은 하나님 나라에서 살 수 없고 지옥에 떨어지게 되었다.

* 본 교재의 예시는 저자의 요약일 뿐입니다. * 교사도 자기 요약을 만들기를 권합니다.

작은 기도 부흥회

회개 자신을 돌아보고 앞으로 하지 말아야 할 일들을 나누세요.

1) 욕심에 때문에 하나님을 외면한 나의 모습은?

____

2) 하나님의 말씀을 무시하고 내 맘대로 살던 모습은?

____

3) 그밖에 나누고 싶은 질문 ___________________________

① 제시된 질문에 대한 주변 모습이나 자신의 모습을 이야기합니다. ② 교사가 예시를 이야기해 줍니다. ③ 나온 이야기 중 자기와 비슷한 모습을 이야기합니다. ④ 교사가 솔직히 자기 모습을 나누면 학생도 용기 내어 자기 모습을 이야기하는 데 도움이 됩니다.

＊ 예시

1) 욕심 때문에 하나님을 외면한 나의 모습은?
 * 더 자고 싶어 예배를 드리지 않았던 내 모습
 * 친구와 놀고 싶어 예배에 빠졌던 내 모습
 * 기도해야 한다는 것을 알면서도 게임 하던 모습
 * 친구를 돕는 것이 하나님 뜻임을 알면서도 아까워하는 모습

2) 하나님의 말씀을 무시하고 내 맘대로 살던 모습은?
 * 부모에게 순종해야 한다는 것을 알면서도 짜증 내고 고집부린 나의 모습
 * 설교가 마음에 들지 않으면 불편하게 생각했던 모습
 * 설교 말씀일 뿐이라 가볍게 여기고 생각하지 않는 모습
 * 설교나 성경 공부할 때 주의 깊게 말씀을 대하지 않는 모습

간구 내 힘으로 할 수 없기에 하나님의 도움이 필요한 일을 나누세요.

1) 하나님 능력보다 관계가 우선되게 하소서!

2) 들러붙은 죄의 무서움을 알게 하소서!

3) 그 밖에 기도하고 싶은 것 ________________________

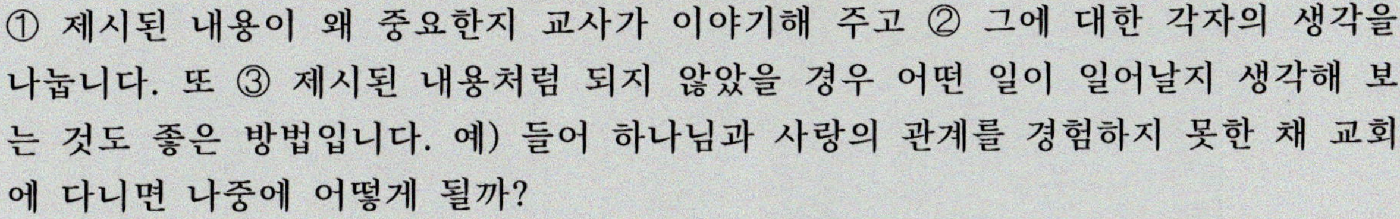

교사 가이드

① 제시된 내용이 왜 중요한지 교사가 이야기해 주고 ② 그에 대한 각자의 생각을 나눕니다. 또 ③ 제시된 내용처럼 되지 않았을 경우 어떤 일이 일어날지 생각해 보는 것도 좋은 방법입니다. 예) 들어 하나님과 사랑의 관계를 경험하지 못한 채 교회에 다니면 나중에 어떻게 될까?

＊ 예시

 하나님 능력보다 관계가 우선되게 하소서!
 * 달라고만 하지 않고 하나님 마음을 아는 것이 중요하다는 것을 알았다.

 들러붙은 죄의 무서움을 알게 하소서!
 * 우리의 불행에 죄가 연결되어 있다는 것을 알았다.

나의 결단 각오나 다짐이 아닌 확인 가능한 실천을 나누세요.

____

____

교사 가이드

* 결단은 각오와 다짐보다는 말이나 행동으로 확인할 수 있는 것으로 정합니다.

* 예시 – 일단 이해가 안 돼도 먼저 순종해 보겠습니다.

#. 나눔 후, 스마트폰 등을 사용하여 찬양과 함께
서로 손을 맞잡고 큰 소리로 기도하세요.

교사 가이드

기도할 때는 스마트폰 등을 활용해 찬양을(예; 유튜브) 배경음악으로 크게 틀고, 모두 손을 맞잡고 작은 부흥회라는 마음으로 간절히 소리 내어 기도합니다.

학생 중에는 기도가 어색하고 실제 기도 해본 경험이 없는 경우도 많습니다. 기도에 집중하지 않고 다른 사람이 기도하는 모습을 살피거나 심지어 키득거리는 학생도 있을 수 있습니다. 교사는 개의치 않고 기도에 집중하는 것이 중요합니다. 몇 번 경험하면 자연스럽게 익숙해지고 기도에 동참합니다.

지도가 필요한 학생은 나중에 개인적으로 따로 불러 따뜻하게 권면합니다.

예수님의 십자가

진도 보다 내용을 이해할 수 있도록 충분히 이야기 나누세요.

베드로전서 2장 24-25절

[개역 개정]

24 친히 나무에 달려 그 몸으로 우리 죄를 담당하셨으니

이는 우리로 죄에 대하여 죽고 의에 대하여 살게 하려 하심이라

그가 채찍에 맞음으로 너희는 나음을 얻었나니

25 너희가 전에는 양과 같이 길을 잃었더니

이제는 너희 영혼의 목자와 감독 되신 이에게 돌아왔느니라

[현대어 성경]

24 그리고 몸소 우리의 모든 죄를 걸머지고 십자가 위에서 죽으셨습니다.

그래서 우리는 죄를 떠나서 올바른 생활을 할 수 있게 된 것입니다.

그리스도께서 상처를 입으신 대신 우리가 낫게 된 것입니다.

25 여러분이 전에는 하나님을 떠나서 길 잃은 양처럼 헤매 다녔습니다.

그러나 이제는 어떤 적이 공격해 와도 여러분의 영혼을 안전하게 지켜 주시는

감독자와 목자이신 그분에게로 돌아왔습니다.

교사 가이드

① 명확히 뜻을 모르는 단어는 교사가 한자의 뜻을 알려주고 ② 학생이 의미를 설명합니다. ③ 교사는 정확한 뜻을 알려줍니다. ④ 성격적인 의미를 알아야 할 단어는 교사가 설명해 줍니다.

✻ 성경적 개념을 살펴볼 단어의 예시

 * 죄 – 하나님과 맺은 언약을 저버린 일

 * 의 – 하나님과의 관계를 회복 시켜주는 일, 인간에게는 의가 없으나 예수 그리스도의 의, 곧 십자가 구원의 믿음으로 하나님과의 관계를 회복할 수 있다.

⑧ 의미를 생각하며 성경을 천천히 읽습니다. [현대어 성경]은 말씀의 의미를 이해하는 데 참고하고, 암송은 [개역 개정]으로 합니다.

제3과 - 하브루타 강단 1

죽으러 오신 하나님의 아들

하나님께 죄지은 사람은 죽음으로 대가를 치러야 해요. 하지만 당장 죽지 않는다고 사람들은 아담처럼 하나님을 무시하고 자기 뜻대로 살고 있어요. 그러나 죽음이 오면 그 끝이 말로 표현할 수 없는 영원한 고통이 있는 심판이라는 것을 알아야 해요. 인간이 불행한 것은 이 무서운 심판에서 벗어날 방법도 능력도 없다는 것이에요.

이제라도 하나님 말씀대로 살면 될 것 같지만 이미 지은 죄가 있기에 심판받고 죽어야 해요. 우리가 살 수 있는 길은 누군가 나 대신 죽어주는 거예요. 하지만 그런 사람이 어디 있겠어요? 설령 있다고 해도 그 사람은 죄가 없어야 하지요. 죄가 있으면 그도 자기가 죄로 죽는 것일 뿐이니까요. 세상 어디에도 죄 없는 사람은 없어요. 이것이 하나님의 독생자이신 의로우신 예수님이 우리 대신 죽기 위해 이 땅에 오신 이유랍니다.

가끔 하나님은 왜 죄지은 사람을 다 없애고 새로운 사람을 만들지 않냐고 묻는 사람도 있어요. 하지만 자녀가 마음에 안 든다고 죽이고, 다시 아이를 낳는 부모가 있을까요? 말도 안 되는 소리지요. 하나님은 우리를 너무나 사랑하기에 포기할 수 없는 것에요. 사랑하는 사람이 그 무서운 형벌을 받는 것을 보고만 있을 수 없었던 것이에요.

이천 년 전, 예수님은 베들레헴에서 아기로 태어났어요. 우리를 대신해 죽으러 사람으로 태어난 거예요. 하나님이 얼마나 우리를 사랑하는지 잘 보여주는 사건이에요. '사랑'이 아니면 그 무엇으로도 설명할 수 없는 일이에요.

* 참고 - 한자를 살피고 단어의 뜻을 알아보세요.

형벌 [刑 형벌, 죽이다 罰 죄를 속하다] - 죄를 속하기 위해 죽는다

심판 [審 살피다, 判 판가름하다] - 살펴서 판가름하다

독생자 [獨 홀로, 生 살다, 태어나다, 子 아들] - 홀로(유일하게) 태어난 아들

교사 가이드

① 명확히 뜻을 모르는 단어를 먼저 확인하고 ② 한자의 뜻은 교사가 알려주고 학생이 의미를 설명합니다. ③ 선생님의 판단에 따라 강단 글을 한 번 또는 두 번으로 나눠서 소리 내어 다 같이 읽고 ④ 질문으로 피드백합니다.

*** 피드백 질문의 예시**
* 읽은 내용에서 가장 중요한 단어는 뭐라 생각하나요?
* 예수님이 아기로 태어난 이유가 뭐라고 설명하나요?

*** 성경적 개념을 알아야 할 단어 예시**
* 죄-아담(인간)이 하나님과 맺은 언약을 저버린 일
* 죽음-하나님과 분리되어 회복 가능성이 전혀 없는 상태
* 형벌- 결국 고통만 있는 지옥에 영원히 갇히는 것
* 독생자-외아들이라는 의미가 아니다. 본질상 하나님이시지만 인류의 구원을 위해 성령으로 잉태하여 태어난 유일한 사람이라는 의미이다.

그러나 우리가 아직 죄인이었을 때 그리스도께서 우리를 위해 죽으심으로 하나님께서는 우리에 대한 그분의 사랑을 나타내셨습니다.
[로마서 5장 8절]
하나님이 하신 일은 무엇인가?

사람들이 실감하지 못한 죽음의 끝은 정말 끔찍한 고통입니다. 그러나 과연 그럴 수 있는 능력이 있을까요?
이제라도 말씀에 순종하면 안 돼나요?
내가 왜?

또 이미 지은 죄는 어떡하나요?.
인간 스스로는 죄를 해결할 수 없습니다.
XX 때문만 아니었어도....
내가 왜? 왜?
으윽~ 내가 왜? 억울해~~
죄 죄

나 대신 죽어줄 사람이 있다면 얼마나 좋을까요? 그러나 있다고 해도 그는 죄가 없어야 합니다. 있다면 그도 자기 죄로 죽어야 하기 때문이지요.
놉
ㅋ ㅋ ㅋ ㅋ
그런 사람이 어딨어!
결국..
죄 죄

하나님께서 세상을 이처럼 사랑하셔서 외아들을 주셨으니 이는 그를 믿는 사람마다 멸망하지 않고 영생을 얻게 하려는 것이다.
[요한복음 3장 16절]
와
하나님은 방법이 있다고!

하나님은 메시아를 아기 예수가 되어 베들레헴에 태어났게 했습니다.
세상에 이런 일이!

하브루타 활동

하브루타 강단 돌아 보기 질문 1~2개를 선택하고 의견을 발표하세요.

질문에 관련 있는 부분을 만화에서 찾고 그 내용과 함께 자기 의견을 설명하세요.

리액션 하기 의견을 들은 후에는 자기 생각과 비슷한 리액션 동작을 표현하고, 그 이유를 짧게 설명하세요. [복수 선택 가능]

👍	핵심을 정확히 설명했을 때	♥	핵심만 간단히 설명하길 바랄 때
ok	내 의견과 비슷하다고 생각할 때	헐~	미처 생각하지 못한 것을 설명했을 때
	설명이 나에게 도움이 되었을 때	대박	설명을 듣다가 이해한 것이 생겼을 때
👆	듣다 보니 질문이 생길 때		발표 태도가 이전보다 개선됐을 때

교사 가이드

① 각자 제시된 질문 중에서 한두 가지를 선택하고 자기 의견을 이야기합니다. ② 발표할 때는 만화에서 질문에 관한 부분을 찾고 함께 설명합니다.

③ 발표한 사람에게 모두 돌아가며 리액션합니다. ④ 교사는 왜 그렇게 리액션했는지 질문합니다. 장난스럽게 리액션하는 사람은 지양하게 되고, 다른 사람에 집중하게 만듭니다. ⑤ 필요에 따라 질문과 의견을 더 주고받습니다.

※ 피드백하는 또 다른 방법 – 교사가 시간 등 상황을 고려하여 진행합니다.

[1. 리액션 왕 뽑기]

모든 발표자는 받은 리액션 중에서 가장 맘에 든 리액션을 선택합니다. 모두 발표를 마친 후 가장 많이 선택받은 사람이 리액션 왕이 됩니다.

모두가 [리액션 왕 OOO 님을 뵙니다!]로 인사하고 박수로 축하합니다.

[2. 문해력 왕 뽑기] – 각자 질문을 하나씩 선택하고 내 질문에 대한 친구들의 의견 중에서 가장 마음에 드는 의견을 하나 선택한다. 가장 많이 선택받은 사람이 경청 왕이 됩니다. * 같은 질문을 선택하였다면 각자 마음에 드는 답을 하나씩 선택합니다.

[3. 친구에게 퀴즈 내기] – 각자 본문에서 퀴즈를 내고 가장 좋은 대답 또는 질문을 선정한다. 퀴즈를 모두 마친 후 동시에 가장 맘에 드는 것을 지목하여 결정한다.

성경적 개념 설명하기 – 사진과 단어를 각각 2개를 선택하고 성경에서 말하는 죽음을 설명하세요.

교사 가이드

① 짝은 교사가 정해줍니다. ② 짝과 함께 사진과 단어를 선택한 후 생각 나는 모든 것을 적어 가며 이야기합니다. ③ 다시 짝을 바꿔 서로의 의견을 확인하고 자기 생각을 정리합니다. ④ 이후 발표는 각자 합니다. 자기 의견이 앞서 발표한 사람과 같아도 반드시 자기표현으로 설명해야 합니다.

＊ 짝 활동 중일 때 학생이 응용하도록 독백하듯이 교사가 자기 의견을 읽어 줍니다.

✳ 예시

＊ 1번 사진 – **단절**된 가지처럼 죽을 수밖에 없는 우리를 위해 대신 죽으러 사람으로 오신 예수님의 사랑이 놀랍다.

＊ 4번 사진 – 죽음은 죄의 **형벌**은 깨진 달걀처럼 다시 살길이 영원히 없다.

＊ 6번 사진처럼 죽음은 괴로움과 고통만 있을 뿐이다.

한 줄 요약 - 짝과 함께 문장을 완성하고 그 의미를 구체적으로 설명하세요.

성경에서 죽음은 심장이 멈추고 호흡이 끊기는 것이 아니라 _____________ 이다.

교사 가이드

핵심 내용 정리하기 ① 짝과 함께 만화의 밑줄을 채워 완성하고 말풍선에 대사를 기록한 후 ② 발표합니다. 앞 페이지 만화에서 해설과 대사를 그대로 옮기지 않게 합니다.

한 줄 요약 ① 반드시 각자 스스로 정의한 한 후 발표합니다. 학생이 요약하는 동안 응용할 수 있도록 ② 교사가 자기 요약을 자연스럽게 읽어 줍니다.

예시] 성경에서 죽음은 심장이 멈추고 호흡이 끊기는 것이 아니라 **하나님과 완전한 단절로 영원한 고통만 있는 지옥에 갇히는 것**이다.

* 본 교재의 예시는 저자의 요약일 뿐입니다. * 교사도 자기 요약을 만들기를 권합니다.

제3과 - 하브루타 강단 2

진정한 신의 한 수, 십자가

　　　하나님은 수많은 선지자를 통해 메시아를 약속하셨어요. '메시아'는 기름 부음 받은 자란 뜻으로 왕이나 제사장을 세울 때 머리에 기름을 붓는 의식에서 나온 말이에요. 유대인들은 메시아를 이스라엘 나라를 다시 세울 다윗 같은 왕으로 생각했어요. 하지만 메시아는 우리가 하나님께 지은 죗값을 대신 치르고, 우리로 하여금 다시 하나님과 사랑의 관계를 맺게 하는 분이에요.

　　　예수님은 사람처럼 늙고, 병들거나 사고로 죽어서는 안 돼요. 신명기 말씀처럼 하나님께 심판받아 나무에 달려야 해요. 예수님이 태어나자, 유대의 왕이 태어났다며 동방에서 박사들이 왔어요. 그 소리에 놀란 헤롯 왕을 이용해 사단은 예수님을 죽이려고 베들레헴의 모든 아기를 죽이는 악행을 저질렀지요. 하지만 성령님은 요셉에게 말씀하여 아기 예수님과 피신하게 했어요.

　　　시간이 지나고 예수님이 복음을 전하자, 제사장들은 백성의 눈을 피해 신성 모독죄로 한밤중에 예수님을 조용히 체포했어요. 그러나 사람을 죽일 권한이 로마 총독에게 있었지요. 그들은 새벽 일찍 예수님을 로마 총독 빌라도에게 끌고 갔어요. 로마 법정은 유대인의 종교에 관해서는 재판하지 않기 때문에 제사장들은 죄명을 바꿔 로마 황제에게 반란을 일으켰다고 했어요.

　　　유대 법대로 사형시키면 스데반 집사처럼 돌에 맞아 죽어야 하지만 유대 제사장들은 이상하게도 십자가를 고집했어요. 하나님께 저주받았으니, 메시아가 아니라고 주장하려는 속셈이었어요. 그러나 모두가 하나님의 계획이었죠. 우리 대신 하나님께 심판받아야 했기에 예수님은 십자가에 달렸답니다.

* 참고 - 한자를 살피고 단어의 뜻을 알아보세요.

　악행 [惡 악하다, 行 움직이다, 행하다] - 악하게 행하다

　권한 [權 저울추, 限 한계] - 저울의 한계 곧 판단의 한계

　재판 [裁 치수에 맞게 재고 자르다, 判 판단하다 구분하다] - 기준에 맞는지 판단하다

교사 가이드

① 명확히 뜻을 모르는 단어를 먼저 확인하고 ② 한자의 뜻은 교사가 알려주고 학생이 의미를 설명합니다. ③ 선생님의 판단에 따라 강단 글을 한 번 또는 두 번으로 나눠서 소리 내어 다 같이 읽고 ④ 질문으로 피드백합니다.

＊ 피드백 질문의 예시

＊ 유대의 제사장이 예수님을 로마 총독에게 데려간 이유는 무엇인가요?

＊ 예수님이 반드시 십자가에서 죽어야 하는 이유를 뭐라 설명하나요?

＊ 성경적 개념 설명이 필요한 단어 예시

＊ 선지자- 미래의 일을 아는 사람이 아니라 하나님의 뜻을 대신 전하는 사람

＊ 믿음-어떤 사실을 인정하는 것과는 다르다. 하나님과 예수님에 대해 성령을 통해 알게 되었을 때 생겨나는 반응이다. 단순히 십자가, 부활을 인정하는 것을 넘어서 나를 향한 사랑이라는 것을 성령으로 알게 되었을 때 일어나는 믿음, 신뢰, 사랑 등 하나님에 대해 일어나는 믿음을 말한다. 구원의 믿음은 하나님이 주신다.

하나님께서 자신의 아들을 세상에 보내신 것은 세상을 심판하시려는 것이 아니라 그 아들을 통해 세상을 구원하시려는 것이다. [요한복음 3장 17

유대의 왕이 태어났다는 말에 헤롯왕은 베들레헴의 모든 아기를 죽였습니다. 그러나 아기 예수님은 성령님의 도움으로 피신할 수 있었습니다.

시간이 지나고 예수님이 복음을 선포하자 유대 지도자들은 백성들 몰래 조용히 밤에 체포하고 고문을 했습니다.

제사장들은 다음 날 새벽 일찍 빌라도에게 예수님을 끌고가 로마 황제에게 반란을 일으킨 자라고 거짓으로 고발했습니다.

그것은 사실 하나님의 계획이었습니다. 예수님은 사고나 병으로 죽으면 안 되기 때문입니다. 우리 대신 하나님께 심판을 받아 나무에 달려야 하기 때문입니다.
(민21:23)

누가 감히 하나님의 아들을 못 박을 수 있겠습니까?
우리를 살리기 위한 하나님의 계획에 따라 예수님은 스스로 죽으신 것입니다.

 **하브루타 강단 돌아 보기** 질문 1~2개를 선택하고 의견을 발표하세요.

> * 공부하며 생각난 질문이 있나요?　　　　* 이해가 안 되는 내용이 있나요?
> * 오늘 처음 알게 된 내용이 있나요?　　　* 연관되어 떠오른 이야기가 있나요?
> 　　　* 전에 알고 있었지만, 새롭게 다가온 내용은 무엇인가요?
> 　　　* 공부한 내용에서 가장 중요한 핵심은 무엇이라 생각하나요?

질문에 관련 있는 부분을 만화에서 찾고 그 내용과 함께 자기 의견을 설명하세요.

리액션 하기 의견을 들은 후에는 자기 생각과 비슷한 리액션 동작을 표현하고, 그 이유를 짧게 설명하세요. [복수 선택 가능]

핵심을 정확히 설명했을 때		핵심만 간단히 설명하길 바랄 때	
내 의견과 비슷하다고 생각할 때		미처 생각하지 못한 것을 설명했을 때	
설명이 나에게 도움이 되었을 때		설명을 듣다가 이해한 것이 생겼을 때	
듣다 보니 질문이 생길 때		발표 태도가 이전보다 개선됐을 때	

교사 가이드

① 각자 제시된 질문에서 한두 가지를 선택하고 자기 의견을 이야기합니다. ② 발표할 때는 만화에서 관련 부분을 찾고 더 붙어 함께 설명합니다.

③ 발표한 사람에게 모두 돌아가며 리액션합니다. ④ 교사는 왜 그렇게 리액션했는지 질문합니다. ⑤ 필요에 따라 질문과 의견을 더 주고받습니다.

＊ 피드백하는 또 다른 방법 – 교사가 시간 등 상황을 고려하여 진행합니다.

[1. 리액션 왕 뽑기]

모든 발표자는 받은 리액션 중에서 가장 맘에 든 리액션을 선택합니다. 모두 발표를 마친 후 가장 많이 선택받은 사람이 리액션 왕이 됩니다.

모두가 [리액션 왕 OOO 님을 뵙니다!]로 인사하고 박수로 축하합니다.

[2. 문해력 왕 뽑기] – 각자 질문을 하나씩 선택하고 내 질문에 대한 친구들의 의견 중에서 가장 마음에 드는 의견을 하나 선택한다. 가장 많이 선택받은 사람이 경청 왕이 됩니다. ＊ 같은 질문을 선택하였다면 각자 마음에 드는 답을 하나씩 선택합니다.

[3. 친구에게 퀴즈 내기] – 각자 본문에서 퀴즈를 내고 가장 좋은 대답 또는 질문을 선정한다. 퀴즈를 모두 마친 후 동시에 가장 맘에 드는 것을 지목하여 결정한다.

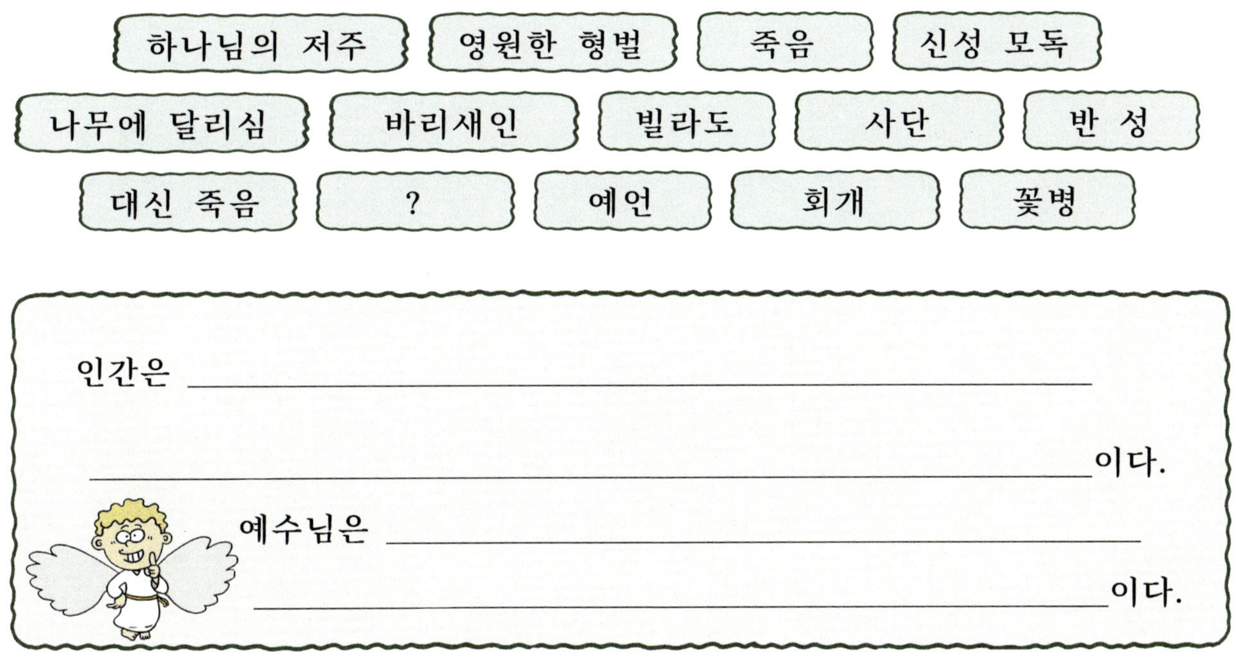

성경적 개념 설명하기 – 십자가 구원을 설명하기 위해 꼭 필요한 단어를 세 가지 이상 선택하여 아래 문장을 완성한 후 설명하세요.

하나님의 저주　　영원한 형벌　　죽음　　신성 모독

나무에 달리심　　바리새인　　빌라도　　사단　　반 성

대신 죽음　　?　　예언　　회개　　꽃병

인간은 ____

____ 이다.

예수님은 ____

____ 이다.

교사 가이드

① 짝은 교사가 정해주고 짝과 함께 세 가지 단어를 선택한 후 제시된 문장의 밑줄을 완성합니다. ② 다시 짝을 바꿔 서로의 요약을 보고 자기 요약을 보완합니다. ③ 이후 발표는 각자 합니다. 그렇게 정의한 이유를 부연 설명합니다.
* 짝 활동 중일 때 학생이 응용하도록 교사가 자기 의견을 읽어 줍니다.

> ✻ **예시** – 인간은 **하나님의 저주**를 받아 **영원한 형벌**을 받아야 하는 존재이다. 예수님은 **나무에 달려 대신 죽음**으로 우리가 하나님과 다시 화목할 수 있는 생명의 길을 주셨다.

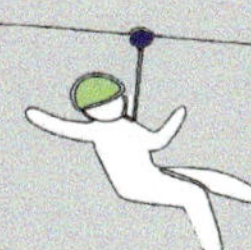

하브루타는 때론
무섭지만 안전하고,
힘들지만, 열매가 있는 일입니다.

🎨 **한 줄 요약** - 짝과 함께 문장을 완성하고 그 의미를 구체적으로 설명하세요.

예수님이 나무에 달리신 이유는

______________________ 이다.

교사 가이드

핵심 내용 정리하기 ① 짝과 함께 해설 문장의 밑줄과 말풍선을 완성 후 ② 발표합니다. 앞 페이지 만화에서 해설과 대사를 그대로 옮기지 않게 합니다.
* 예수님이 십자가에서 죽어야만 하는 이유가 포함되었는지 피드백합니다.

한 줄 요약 ① 반드시 각자 스스로 정의한 한 후 발표합니다. 학생이 요약하는 동안 응용할 수 있도록 ② 교사가 자기 요약을 자연스럽게 읽어 줍니다.

※ **예시** - 예수님이 나무에 달리신 이유는 **우리를 대신해 하나님께 심판을 받아 죽으셔야 했기** 때문이다.

* 본 교재의 예시는 저자의 요약일 뿐입니다. * 교사도 자기 요약을 만들기를 권합니다.

요약하고 기도하기

📝 말씀 다시 보기

밑줄이 누구를 말하는지 (어떤 의미인지) 이야기한 후 뜻을 생각하며 천천히 읽으세요.

로마서 5장 8절 [우리말성경] - 그러나 **우리가** _____________ 아직 **죄인** 이었을 때 _____________ <u>그리스도께서</u> _____________ 우리를 위해 죽으심으로 하나님께서는 우리에 대한 그분의 사랑을 나타내셨습니다.

교사 가이드

가급적 개인이 스스로 정리하면 좋지만, 상황에 따라 교사가 짝을 만들어 주고 함께 의논하여 기록한 후 교사에게 확인받게 합니다.

✱ 예시
로마서 5장 8절 / 그러나 <u>우리가</u> [믿는 사람] 아직 죄인이었을 때 [예수님를 믿지 않을 때] <u>그리스도께서</u>[예수님] 우리를 위해 죽으심으로 하나님께서는 우리에 대한 그분의 사랑을 나타내셨습니다.

📝 제3과 요약 하기

나의 요약] 각자 아래 문장을 완성하세요.

예수님이 이 땅에 사람으로 오실 수밖에 없었던 것은 _________________

____때문이다.

또 예수님이 나무에 달려야만 했던 이유는 _________________

____이다.

짝과 함께 예수님이 인간으로 태어난 이유와 십자가를 져야만 하는 이유가 포함된 요약으로 다시 통일하세요.

교사 가이드

① 각자 스스로 요약 문장을 완성합니다. ② 1~2분 정도 후 교사가 자연스럽게 자기 요약을 읽어 주면 도움이 됩니다. ③ 어느 정도 완성 후에는 짝과 함께 다시 하나의 요약으로 통일합니다.

✳ 예시
예수님이 이 땅에 오실 수밖에 없었던 것은 **너무나 우리를 사랑하시고, 우리가 스스로 죄의 대가, 죽음을 해결할 수 없기** 때문이다.
또 예수님이 나무에 달려야만 했던 이유는 **하나님의 심판으로 우리를 대신해 죽었다는 것이 드러나야** 하기 때문이다.

* 본 교재의 예시는 저자의 요약일 뿐입니다. * 교사도 자기 요약을 만들기를 권합니다.

작은 기도 부흥회

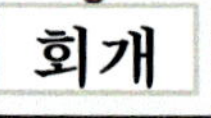
자신을 돌아보고 앞으로 하지 말아야 할 일들을 나누세요.

1) 인간의 정성과 노력으로 주의 복을 받으려던 나의 모습은?

____

2) 진심으로 십자가의 사랑에 감사하지 못한 나의 모습은?

____

3) 그밖에 나누고 싶은 질문 _______________________________

교사 가이드

① 제시된 질문에 대한 주변 사람들의 모습이나 자신의 경우를 이야기합니다. ② 교사가 예시를 이야기해 줍니다. ③ 다시 비슷한 주변 또는 자기 모습을 이야기합니다. ④ 교사가 모범을 보여 솔직히 자기 모습을 나누면 학생도 용기 내어 자기 모습을 나누게 됩니다.

※ 예시

1) 인간의 정성과 노력으로 주의 복을 받으려던 나의 모습은?
 * 기도를 열심히 해야 복을 받는 줄 알았다. 기도할 수 있다는 것이 복이다.
 * 예배드릴 수 있는 것이 예수님의 십자가 때문인지 몰랐다.
2) 진심으로 십자가의 사랑에 감사하지 못한 나의 모습은?

 * 한 번도 예수님이 십자가에서 받은 고통을 생각해 보지 못한 모습
 * 예수님을 보내신 하나님의 마음에 관심 없는 내 모습

간구 내 힘으로 할 수 없기에 하나님의 도움이 필요한 일을 나누세요.

1) 예수님을 보내신 하나님의 사랑을 알게 하소서!

2) 그리스도의 희생이 헛되지 않은 인생이 되게 하소서!

3) 그 밖에 기도하고 싶은 것 ____________________

교사 가이드

① 제시된 내용이 왜 중요한지 교사가 이야기해 주고 ② 그에 대한 각자의 생각을 나눕니다. 또 ③ 제시된 내용처럼 되지 않았을 경우 어떤 일이 일어날지 생각해 보는 것도 좋은 방법입니다.

※ 예시

🌸 예수님을 보내신 하나님의 사랑을 알게 하소서!
 * 환영받고 영광 받는 곳이 아니라 비난받고 매 맞고 죽어야 하는 곳으로 보낸 하나님의 마음을 몰랐다. 하나님 사랑을 모르니 믿음이 안 생긴 것 같다.
🌸 그리스도의 희생이 헛되지 않은 인생이 되게 하소서!
 * 예수님의 십자가 죽음이 헛되지 않도록 하나님을 사랑해야 한다.

나의 결단 각오나 다짐이 아닌 확인 가능한 실천을 나누세요.

____

____

교사 가이드

* 결단은 각오와 다짐보다는 말이나 행동으로 확인할 수 있는 것으로 정합니다.
※ 예시 - 하나님과 약속, 예배 시간부터 잘 지키겠다.

#. 나눔 후, 스마트폰 등을 사용하여 찬양과 함께
서로 손을 맞잡고 큰 소리로 기도하세요.

교사 가이드

기도할 때는 스마트폰 등을 활용해 찬양을(유튜브 등) 배경음악으로 크게 틀고,
손을 모두 맞잡고 작은 부흥회라는 마음으로 간절히 소리 내어 기도합니다.

마지막은 반드시 교사가 축복 기도로 마칩니다. 학생 이름을 한 사람 한 사람
언급하며 기도합니다. 교사의 기도 속에서 자기 이름을 듣는 것은 관계에 많은
도움이 됩니다.

모두 마친 후에는 하이 파이브나 포옹 등 인사로 마무리합니다. 다만 이성 간의
포옹은 가족이 아닌 경우에는 조심해야 합니다.

당신의 섬김이
천국에서

4과

그리스도의 부활

진도 보다 내용을 이해할 수 있도록 충분히 이야기 나누세요.

고린도전서 15장 20-21절

[개역 개정]

20 그러나 이제 그리스도께서 죽은 자 가운데서 다시 살아나사

잠자는 자들의 첫 열매가 되셨도다

21 사망이 한 사람으로 말미암았으니

죽은 자의 부활도 한 사람으로 말미암는도다

[현대어 성경]

20그러나 이제 그리스도께서 죽은 사람들 가운데서

다시 살아나셔서 잠자는 사람들의 첫 열매가 되셨습니다.

21한 사람으로 인해 죽음이 들어왔으니

한 사람으로 인해 죽은 사람들의 부활도 옵니다.

교사 가이드

① 명확히 뜻을 모르는 단어는 먼저 각자 생각하는 의미를 이야기한 후 ③ 한자어는 교사가 글자마다 그 뜻을 알려주고 ④ 학생이 의미를 설명하면 교사가 뜻을 바로잡아 줍니다. ⑤ 성격적인 의미를 알아야 할 단어는 교사가 설명해 줍니다.

✳ **예시**
  * 사망-죄로 인한 죽음으로 망한 상태
  * 부활-단순히 육체가 다시 사는 것만 아니라 하나님과 영원히 함께하는 것
  * 잠자는 자-예수님을 영접하고 죽은 사람들, 다시, 부활할 것이기에 잠자는 자라고 했다.
  * 죽은 자-죄로 인해 영원히 하나님을 만날 수 없고 영원한 형벌에 빠진 자

⑧ 의미를 생각하며 성경을 천천히 읽습니다. [현대어 성경]은 말씀의 의미를 이해하는 데 참고하고, 암송은 [개역 개정]으로 합니다.

제4과 – 하브루타 강단 1

이해보다 믿음의 문제

　　과학적이지 않다는 이유로 부활을 터무니없는 소리로 취급하는 사람이 많아요. 500년 전에는 태양이 지구를 도는 것이 과학적 상식이었어요. 백년 전에는 인간이 우주에 가는 것을 아무도 믿지 않았지요. 하지만 지금은 누구나 인정하는 일이죠. 과학은 변하고 또 모든 것을 설명할 수 있는 것이 아니어요.

　　지금은 증명할 수 없지만 때가 되면 부활도 당연한 이야기가 될 거예요. 그렇다고 나중 문제이니 신경 쓰지 않아도 된다는 말은 아니에요. 바울은 부활에 대한 지금의 믿음에 따라 우리의 구원이 결정된다고 했어요. 구원받은 사람은 다 이해되지 않아도 부활이 믿어진답니다.

　　부활을 믿지 못하는 것은 예수님을 사람으로만 생각하기 때문이에요. 예수님은 사람으로 태어났지만, 하나님의 아들이지요. 예수님이 사람으로서 해야 할 일은 십자가에서 모두 다 이루셨어요. 죄 없는 하나님의 아들이 부활 못한다는 것이 오히려 이상한 말이죠.

　　유대 제사장들은 제자들이 예수님의 시체를 훔치고 부활했다고 소문낼까 염려해 수많은 군인으로 무덤을 지키게 했어요. 하지만 예수님의 시체는 사라지고 끝내 찾지 못했어요. 정말로 부활했기 때문이죠. 어떤 사람은 죽은 것이 아니라 기절했다고도 하고, 또 제자들이 환상을 본 것이라고 하지만 오백 명이 같이 보는 환상은 세상에 없어요. 오히려 사실이란 것을 증명하죠.

　　가끔 죽었다 살아난 사람도 있지만 부활은 그런 것이 아니어요. 그들은 다시 죽기 때문이지요. 진정한 부활은 몸이 다시 살아나는 것뿐만 아니라 하나님과 영원히 함께하는 것입니다.

* 참고 – 한자를 살피고 단어의 뜻을 알아보세요.
　부활 [復 다시 돌아오다 活 살다] - 다시 살아나다
　상식 [常 떳떳하다. 일정하다 識 알다] - 일정하고 떳떳하게 아는 것
　구원 [救 건지다. 援 당기다] - 큰 세상이 처음 드러난

교사 가이드

① 뜻을 모르는 단어를 확인하고 ③ 강단 글을 다 같이 읽습니다. ④ 교사는 질문으로 피드백합니다. *교사의 판단에 따라 강단 글을 두세 번 나눠 읽어도 됩니다.

* 피드백 질문의 예시
　* 진정한 부활은 무엇이라 설명하나요?
　* 나중이 아닌 지금 부활을 믿어야 하는 이유는 무엇인가요?
　* 부활은 이해가 필요한가요? 믿음이 필요한가요?

* 성경적 개념 설명이 필요한 단어 예시
　* 구원-예수를 믿는 사람을 멸망에서 건져 하나님과의 관계를 회복하게 하는 은혜
　* 부활-죽은 사람이 생물학적으로 다시 살아나는 것이 아니다. 그들 역시 다시 죽었다. 부활은 육체의 부활뿐만 아니라 하나님과 영원히 함께하는 것을 말한다. 예수님은 다시 살아나 하나님 보좌 우편에 계신다.

죽었다 살아난 사람도 있지만 그들은 결국 다시 죽었습니다. 성경이 말하는 부활은 그런 것이 아닙니다. 부활은 몸이 다시 사는 것을 넘어서 영원하신 하나님과 함께하는 것입니다.

하브루타 활동

하브루타 강단 돌아 보기 질문 1~2개를 선택하고 의견을 발표하세요.

* 공부하며 생각난 질문이 있나요?
* 이해가 안 되는 내용이 있나요?
* 오늘 처음 알게 된 내용이 있나요?
* 연관되어 떠오른 이야기가 있나요?
* 전에 알고 있었지만, 새롭게 다가온 내용은 무엇인가요?
* 공부한 내용에서 가장 중요한 핵심은 무엇이라 생각하나요?

질문에 관련 있는 부분을 만화에서 찾고 그 내용과 함께 자기 의견을 설명하세요.

리액션 하기 의견을 들은 후에는 자기 생각과 비슷한 리액션 동작을 표현하고, 그 이유를 짧게 설명하세요. [복수 선택 가능]

	핵심을 정확히 설명했을 때		핵심만 간단히 설명하길 바랄 때
	내 의견과 비슷하다고 생각할 때		미처 생각하지 못한 것을 설명했을 때
	설명이 나에게 도움이 되었을 때		설명을 듣다가 이해한 것이 생겼을 때
	듣다 보니 질문이 생길 때		발표 태도가 이전보다 개선됐을 때

교사 가이드

① 각자 제시된 질문에서 한두 가지를 선택하고 자기 의견을 이야기합니다. ② 발표할 때는 만화에서 관련 부분을 찾고 더 붙어 함께 설명합니다.
③ 발표한 사람에게 모두 돌아가며 리액션합니다. ④ 교사는 왜 그렇게 리액션했는지 질문합니다. ⑤ 필요에 따라 질문과 의견을 더 주고받습니다.

※ 피드백하는 또 다른 방법 – 교사가 시간 등 상황을 고려하여 진행합니다.

[1. 리액션 왕 뽑기]

모든 발표자는 받은 리액션 중에서 가장 맘에 든 리액션을 선택합니다. 모두 발표를 마친 후 가장 많이 선택받은 사람이 리액션 왕이 됩니다.
모두가 [리액션 왕 OOO 님을 뵙니다!]로 인사하고 박수로 축하합니다.

[2. 문해력 왕 뽑기] – 각자 질문을 하나씩 선택하고 내 질문에 대한 친구들의 의견 중에서 가장 마음에 드는 의견을 하나 선택한다. 가장 많이 선택받은 사람이 경청 왕이 됩니다. ※ 같은 질문을 선택하였다면 각자 마음에 드는 답을 하나씩 선택합니다.

[3. 친구에게 퀴즈 내기] – 각자 본문에서 퀴즈를 내고 가장 좋은 대답 또는 질문을 선정한다. 퀴즈를 모두 마친 후 동시에 가장 맘에 드는 것을 지목하여 결정한다.

🎨 성경적 개념 설명하기 – 성경적 부활을 설명할 때 필요한 핵심 단어와 사진을 각각 2개 이상 선택하여 설명하세요.

과학적 증명　　죄　　믿음　　하나님　　다시

이해　　육체　　하나님 아들　　예수　　함께

교사 가이드

① 교사가 짝을 정합니다. ② 짝과 함께 사진과 단어를 선택합니다. ③ 짝과 성경적 부활에 대해 의견을 나눈 후 각자 사진과 단어를 이용하여 설명합니다. 자기 의견이 앞서 발표한 사람과 같아도 자기표현으로 설명해야 합니다.

＊ **예시** – 학생이 의견을 교환하는 동안에 응용하도록 교사가 자기 의견을 읽어 줍니다.

* 2번 사진-부활은 **죄**의 처벌로부터 완전한 자유이며 3번 사진 화병의 꽃처럼 시간이 지나면 시들한 것이 아니라 **하나님**과 **함께**하는 영원한 생명이다.

* 6번 사진 – 부활은 아들이 아버지 손을 잡고 가는 것처럼, 가는 길이 다 **이해**가 안 돼도 하나님을 믿고 동행하는 것이다.

* 부활은 이해가 아닌 믿음의 문제이며 몸이 다시 살아나는 것을 넘어서 하나님과 함께하는 것이란 내용이 들어 있는지 학생의 발표에서 확인합니다.

🗨 핵심 내용 정리 하기 자기 언어로 해설과 대사를 기록하고 설명하세요.

🗨 한 줄 요약 - 짝과 함께 문장을 완성하고 그 의미를 구체적으로 설명하세요.

성경에서 부활은

이다.

교사 가이드

핵심 내용 정리하기 ① 짝과 함께 해설 문장과 말풍선을 완성한 후 발표합니다.
앞 페이지 만화에서 옮겨 적는 것은 안 됩니다. 자기표현이어야 합니다.
한 줄 요약 ① 각자 스스로 정의한 한 후 발표합니다. 상황에 따라 학생이 요약하는
동안 응용하도록 ② 교사가 자기 요약을 읽어 줍니다.

※ **예시** - 성경에서 부활은 **육신이 다시 살아나는 것은 물론이며 영원히 하나님과 함께하는 것**이다.

* 본 교재의 예시는 저자의 요약일 뿐입니다. * 교사도 자기 요약을 만들기를 권합니다.

제4과 - 하브루타 강단 2

부활이 생명이다.

만약 예수님이 부활하지 못했다면 커다란 문제가 생겼을 거예요. 사단은 우리의 죄가 해결되지 않았다고 억지를 부릴 거예요. 예수님도 사람이니 자기 죄 때문에 죽은 것뿐이라고 했을 거예요.

부활이 없다면 십자가의 죄 사함을 믿기 힘들었을 거예요. 특별히 증명할 방법이 없으니, 사단의 속임수에 빠지기 쉬웠을 거예요. 하지만 예수님은 부활하여 우리의 죄가 완벽히 해결되었음을 보증해 주세요. 또 성령님 역시 보증해 주시죠. 어둠과 빛이 함께 할 수 없듯이 죄인은 하나님과 함께 할 수가 없어요. 성령님이 함께한다는 것이 죄가 완전히 해결됐다는 증거지요.

부활은 마지막 때 살아나서 천국 가는 것이 아니어요. 이 땅에서부터 성령님과 함께하는 것이 바로 부활의 축복이에요. 성령님이 함께하면, 우리에게 변화가 생겨요. 성령님이 함께하는 증거가 곳곳에 나타나지요. 미워하는 마음에서 해방되고, 환경이 어려워도 절망하기보다 소망을 품게 돼요. 믿음이 생기니 말과 표정, 행동이 변하고 응답하시는 하나님을 경험하게 되어요.

예수님은 우리에게 증인이 되라고 하셨어요. 단순히 사람들에게 예수님을 알리라는 의미가 아니에요. 복음이 옳다는 것을 보여 주는 삶이지요. 그러나 인간의 힘으로는 불가능해요. 성령님이 권능으로 함께 할 때 가능해요.

죄의 종일 때는 잘못을 알아도 벗어날 수 없어요. 하지만 성령님과 함께하면 달라요. 말씀을 믿고 순종하게 되어요. 성령의 권능이 나타나고 그리스도의 영광을 드러내는 사람이 되지요.

* 참고 - 한자를 살피고 단어의 뜻을 알아보세요.

부활 [復 돌아오다, 되풀이하다, 뒤집다 活 살다, 소생하다, - 살아 돌아오다

보증 [保 지키다, 편안하게 하다, 돕다 證 증명하다, 알리다, 고하다 - 증명하여 지키다

권능 [權 저울추 能 능력] - 분별하고 판단하는 능력

교사 가이드

① 뜻을 모르는 단어를 확인하고 ③ 강단 글을 다 같이 읽습니다. ④ 교사는 질문으로 피드백합니다. *교사의 판단에 따라 강단 글을 두세 번 나눠 읽어도 됩니다.

❋ 피드백 질문의 예시

* 예수님이 부활하지 못하면 어떤 일이 일어날까요?
* 이 땅에 살면서 부활로 인해 받은 복은 무엇인가요?
* 성령이 믿는 우리에게 임하신 이유는 무엇일까요?

❋ 성경적 개념 설명이 필요한 단어 예시

* 부활-죽은 사람이 생물학적으로 다시 살아나는 것이 아니다. 그들 역시 다시 죽었다. 부활은 육체의 부활뿐만 아니라 하나님과 영원히 함께하는 것을 말한다. 예수님은 다시 살아나 하나님 보좌 우편에 계신다.
* 증인-세상에서 증인은 법정에서 보고 들은 것을 증언하는 사람입니다. 그러나 예수의 증인이 된다는 것은 주님이 말씀이 옳다는 것을 삶으로 보여 주고 하나님의 살아계심과 사랑과 구원이 전파되도록 사는 것이다.

태양이 뜨면 어둠이 사라지듯이 성령님이 함께하는 것은 우리의 죄가 완벽히 해결됐다는 증거입니다. 죄인은 하나님과 함께할 수 없습니다.

'증인'은 복음에 대해 말해 주는 것을 넘어서 성령님이 함께하는 삶을 보여 주는 것입니다.

부활은 나중에 천국 가서 누리는 복이 아닙니다. 예수님을 믿는 자가 누리는 '성령님과 동행'입니다.

하브루타 활동

하브루타 강단 돌아 보기 질문 1~2개를 선택하고 의견을 발표하세요.

* 공부하며 생각난 질문이 있나요?   * 이해가 안 되는 내용이 있나요?
* 오늘 처음 알게 된 내용이 있나요?   * 연관되어 떠오른 이야기가 있나요?
        * 전에 알고 있었지만, 새롭게 다가온 내용은 무엇인가요?
        * 공부한 내용에서 가장 중요한 핵심은 무엇이라 생각하나요?

질문에 관련 있는 부분을 만화에서 찾고 그 내용과 함께 자기 의견을 설명하세요.

리액션 하기
의견을 들은 후에는 자기 생각과 비슷한 리액션 동작을 표현하고, 그 이유를 짧게 설명하세요. [복수 선택 가능]

	핵심을 정확히 설명했을 때		핵심만 간단히 설명하길 바랄 때
	내 의견과 비슷하다고 생각할 때		미처 생각하지 못한 것을 설명했을 때
	설명이 나에게 도움이 되었을 때		설명을 듣다가 이해한 것이 생겼을 때
	듣다 보니 질문이 생길 때		발표 태도가 이전보다 개선됐을 때

교사 가이드

① 각자 제시된 질문에서 한두 가지를 선택하고 자기 의견을 이야기합니다. ② 발표할 때는 만화에서 관련 부분을 찾고 더 불어 함께 설명합니다.
③ 발표한 사람에게 모두 돌아가며 리액션합니다. ④ 교사는 왜 그렇게 리액션했는지 질문합니다. ⑤ 필요에 따라 질문과 의견을 더 주고받습니다.
※ 피드백하는 또 다른 방법 – 교사가 시간 등 상황을 고려하여 진행합니다.
[1. 리액션 왕 뽑기]
모든 발표자는 받은 리액션 중에서 가장 맘에 든 리액션을 선택합니다. 모두 발표를 마친 후 가장 많이 선택받은 사람이 리액션 왕이 됩니다.
모두가 [리액션 왕 OOO 님을 뵙니다!]로 인사하고 박수로 축하합니다.
[2. 문해력 왕 뽑기] – 각자 질문을 하나씩 선택하고 내 질문에 대한 친구들의 의견 중에서 가장 마음에 드는 의견을 하나 선택한다. 가장 많이 선택받은 사람이 경청 왕이 됩니다. * 같은 질문을 선택하였다면 각자 마음에 드는 답을 하나씩 선택합니다.
[3. 친구에게 퀴즈 내기] – 각자 본문에서 퀴즈를 내고 가장 좋은 대답 또는 질문을 선정한다. 퀴즈를 모두 마친 후 동시에 가장 맘에 드는 것을 지목하여 결정한다.

 **성경적 개념 설명하기** 예수님의 부활이 우리에게 필요한 이유를 설명하는 데 필요한 단어를 세 개 이상 선택하고 설명하세요.

저주	억지	형벌	사단	나무
죽음	회개	꽃병	심판	하나님
신성모독	예언	증인	증거	종

교사 가이드

① 짝은 교사가 정합니다. ② 짝과 함께 단어를 선택하고 예수의 부활에 대해 생각나는 모든 것을 이야기 나눕니다. ③ 이후 각자 선택한 단어를 활용해 발표합니다. 자기 의견이 앞서 발표한 사람과 같아도 반드시 자기표현으로 설명해야 합니다.

* 학생이 의견을 교환하는 동안에 응용하도록 교사가 자기 의견을 읽어 줍니다.

※ 예시

"나는 죽음, 증인, 억지를 선택했어요~"

* 예수님이 부활하지 않았다면 우리 대신 **죽은** 사실을 증명해 줄 **증인**이 없게 된다. 사단의 **억지**에 흔들리지 않기 위해서는 반드시 예수의 부활이 필요하다.

수고 많으셔요~~♥ 주님이 고마워하셔요. 힘내세요♥

🔆 핵심 내용 정리 하기 자기 언어로 해설과 대사를 기록하고 설명하세요.

💬 한 줄 요약 – 짝과 함께 문장을 완성하고 그 의미를 구체적으로 설명하세요.

> 부활에 대한 믿음이 중요한 이유는
>
> ____ 이다.

교사 가이드

핵심 내용 정리하기 ① 상황에 따라 짝을 만들어 주고 함께 만화의 밑줄과 말풍선을 완성합니다. ② 중간에 짝을 바꿔 한 번 더 서로 설명한 후 ③ 전체 앞에서 발표하면 더 명확하게 이해됩니다.

한 줄 요약 ① 각자 스스로 정의한 한 후 발표합니다. ② 학생이 요약하는 동안 응용할 수 있도록 교사가 자기 요약을 자연스럽게 읽어 줍니다.

> 예시] 부활에 대한 믿음이 중요한 이유는 **성령님을 영접하는 믿음의 핵심이며 사단의 속임수를 이길 수 있는 중요한 사실이기 때문**이다.

요약하고 기도하기

📝 말씀 다시 보기

밑줄이 누구를 말하는지 (어떤 의미인지) 이야기한 후 뜻을 생각하며 천천히 읽으세요.

[로마서 10장 9절] [우리말성경]

네가 ＿＿＿＿＿＿ 만일 네 입으로 예수를 주로 시인하며 또 하나님께서 그를 ＿＿＿＿＿ **죽은 자** ＿＿＿＿＿＿ 가운데서 살리신 것을 네 마음에 믿으면 구원을 받으리라

[사도행전 1장 8절] [우리말성경]

성령께서 **너희에게** ＿＿＿＿＿ 오시면 너희가 권능을 받고 예루살렘과 온 유대와 사마리아와 땅끝까지 이르러 **내 증인이 될 것이다** ＿＿＿＿＿

교사 가이드

개인이 스스로 정리하면 좋지만, 상황에 따라 교사가 짝을 만들어 주고 함께 의논하여 기록한 후 교사와 함께 확인합니다.

※ 예시 – [로마서 10장 9절] **네가**[사람들] 만일 네 입으로 예수를 주로 시인하며 또 하나님께서 **그를**[예수] **죽은 자**[죄로 죽은 모든 사람] 가운데서 살리신 것을 네 마음에 믿으면 구원을 받으리라

[사도행전 1장 8절] 성령께서 **너희에게**[예수를 믿는 자] 오시면 너희가 권능을 받고 예루살렘과 온 유대와 사마리아와 땅끝까지 이르러 **내 증인이 될 것이다**[예수 십자가 사건과 부활의 증인]

📝 제4과 요약 하기

🔖 **나의 요약]** 각자 아래 문장을 완성하세요.

부활의 참 의미는 ＿＿＿＿＿＿＿＿＿＿＿＿＿＿＿이다.

부활하신 예수님은 우리에게 ＿＿＿＿을 보내 주셨고, 부활을 믿으며

산다는 것은 ＿＿＿＿＿＿＿＿＿＿＿＿ 하는 삶을 말한다.

 ### 짝과 함께 다시 요약하기

> 2~3명이 짝이 되어 부활의 의미와 부활의 믿음으로 사는 모습이
> 포함된 요약으로 다시 통일하세요.

교사 가이드

① 각자 스스로 요약 문장을 완성합니다. ② 약 1분 후 교사가 자연스럽게 자기 요약을 읽어 주면 도움이 됩니다. ③ 어느 정도 완성 후, 2~3명이 짝이 되어 서로의 요약을 참고하여 자기 요약을 보완하거나 다시 하나의 요약으로 통일합니다.

> ＊ 예시 – 부활의 참 의미는 육체가 다시 사는 것은 물론 하나님과 영원히 함께하는 것이다. 부활하신 예수님은 우리에게 성령을 보내 주셨고, 부활을 믿으며 산다는 것은 성령과 동행하며 권능으로 그리스도의 증거하는 삶을 말한다.

＊ 본 교재의 예시는 저자의 요약일 뿐입니다. ＊ 교사도 자기 요약을 만들기를 권합니다.

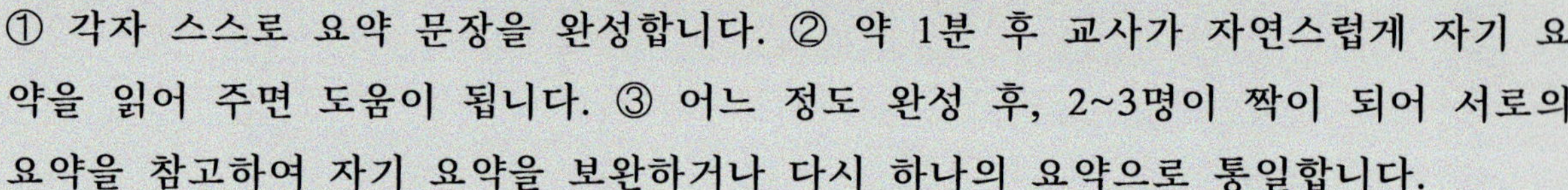

작은 기도 부흥회

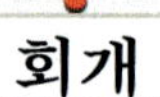 **회개** 자신을 돌아보고 앞으로 하지 말아야 할 일들을 나누세요.

1) 부활을 인간의 논리와 과학으로만 판단했던 나의 모습은?

____

2) 예수의 증인이 되는 것과 상관없이 살아온 나의 모습은?

____

3) 그밖에 나누고 싶은 질문 ____

① 교사가 예시를 말해 주고 ② 비슷한 주변 모습이나 자기 경험을 이야기합니다.
③ 이야기 나온 것 중에서 자기 모습과 비슷한 내용을 발표합니다.

＊ 예시

1) 부활을 인간의 논리와 과학으로만 판단했던 나의 모습은?
 ＊ 사람 몸은 썩어 사라지는데 다시 살아나는 것은 말이 안 된다고 생각했다.
 ＊ 죽으면 화장해서 다시 사는 것은 불가능하다고 생각했다.
 ＊ 영혼만 하나님 나라로 간다고 생각했다.
2) 예수의 증인이 되는 것과 상관없이 살아온 나의 모습은?
 ＊ 한 번도 예수님을 전할 생각을 못 했다.
 ＊ 증인은 믿음 좋은 특별한 사람이 하는 일로 생각했다.

간구 내 힘으로 할 수 없기에 하나님의 도움이 필요한 일을 나누세요.

 1) 응답과 능력보다 하나님과 관계가 중심인 신앙인이 되게 하소서!
 2) 들러붙은 죄의 무서움을 알게 하소서!
 3) 그밖에 기도하고 싶은 것 ____________________________

① 제시된 내용이 왜 중요한지 교사가 이야기해 주고 ② 제시된 내용처럼 되지 않
았을 때 일어날 수 있는 일 등을 생각하고 나눕니다.

＊ 예시

1) 응답과 능력보다 하나님과 관계가 중심인 신앙인이 되게 하소서!
 ＊ 기도는 하나님의 도움이 필요할 때나 하는 것으로 알았다.
 ＊ 함께 하는 성령님의 마음에 관심 없이 사는 것이 잘못이라는 것을 알았다.

2) 들러붙은 죄의 무서움을 알게 하소서!
 ＊ 하나님을 섬긴다고 하면서 세상 것에만 관심이 있는 내가 안 되게 하소서.
 ＊ 죄의 무서움과 연약한 인간의 모습을 인정해야 하나님의 도우심을 찾는다.

교사 가이드

* 결단은 각오와 다짐보다는 말이나 행동으로 확인할 수 있어야 합니다.
 ＊ 예시 - 하루에 한 번이라도 성령님을 생각하고 기도하겠다.

#. 나눔 후, 스마트폰 등을 사용하여 찬양과 함께
서로 손을 맞잡고 큰 소리로 기도하세요.

교사 가이드

기도할 때는 스마트폰 등을 활용해 찬양을(예; 유튜브) 배경음악으로 크게 틀고, 모두 손을 맞잡고 작은 부흥회라는 마음으로 간절히 소리 내어 기도합니다.

마지막은 반드시 교사의 축복 기도로 마칩니다. 학생 이름을 언급하며 기도합니다. 교사의 기도 속에서 자기 이름을 듣는 것은 관계에 많은 도움이 됩니다.

모두 마친 후에는 하이 파이브나 포옹 등 인사로 마무리합니다. 다만 이성 간의 포옹은 가족이 아닌 경우에는 조심해야 합니다.

5과

다시 오실 예수님

진도 보다 내용을 이해할 수 있도록 충분히 이야기 나누세요.

사도행전 1장 10-11절

[개역 개정]

¹⁰ 올라가실 때에 제자들이 자세히 하늘을 쳐다보고 있는데
흰 옷 입은 두 사람이 그들 곁에 서서
¹¹ 이르되 갈릴리 사람들아 어찌하여 서서 하늘을 쳐다보느냐
너희 가운데서 하늘로 올려지신 이 예수는
하늘로 가심을 본 그대로 오시리라 하였느니라

[현대어 성경]

¹⁰ 그들이 예수께서 승천하시는 모습을 한없이 바라보고 있는데
갑자기 흰옷을 입은 두 사람이 그들 곁에 나타나서
¹¹ 말하였다.
'갈릴리 사람들아. 왜 여기 서서 하늘만 쳐다보고 있느냐?
예수께서는 하늘로 올라가셨다.
그러나 훗날 그분은 올라가시던 그대로 다시 오실 것이다.'

교사 가이드

① 명확히 뜻을 모르는 단어를 찾고 선생님이 한자의 뜻을 알려주고 ② 학생이 그 의미를 설명해 봅니다. ③ 교사가 정확한 뜻을 바로잡습니다.

④ 성격적 의미를 알아야 할 단어는 교사가 설명해 줍니다.

＊ **예시**

* 흰옷 입은 두 사람 - 요20:12절에서는 예수님 무덤에서 마리아에게 인사한 흰옷을 입은 두 천사라고 했다. 흰옷 입은 두 사람은 하나님이 보낸 천사를 의미한다.

⑤ 의미를 생각하며 성경 말씀을 천천히 읽습니다. [현대어 성경]은 말씀의 의미를 이해하는 데 참고하고, 암송은 [개역 개정]으로 합니다.

제5과 - 하브루타 강단 1

그 모습대로 오실 예수

제자들은 이제 예수님이 예루살렘으로 가서 왕이 된다고 생각했어요. 그런데 하늘로 올라가 버렸어요. 놀라서 하늘만 쳐다보던 제자들에게 흰옷을 입은 두 천사는 예수님은 하늘로 올라가신 모습 그대로 다시 오실 것이라고 했어요.

예수님이 다시 오실 때는 영원한 왕으로 오시는데 왜 화려한 왕관 대신 2천 년 전 그 모습으로 오신다고 한 걸까요? 그것은 자기가 재림 예수라고 속이는 사람이 많을 것이기 때문이에요. 예수님은 2천 년 전 우리를 위해 십자가에서 죽으시고, 부활하신 분이란 것을 누구나 알 수 있게 오실 거예요.

예수님은 영으로 와서 사람에게 들어가거나, 이단들만 알 수 있도록 조용히 오지도 않으세요. 이단들이 노리는 것은 결국 돈이고 사기꾼이에요. 성경은 누구나 알 수 있도록 거대한 나팔 소리와 함께 구름을 타고 오신다고 했어요. 심지어 예수님을 공격하는 사람들도 알 수 있도록 오신다고 했지요.

큰 지진이 나고 전쟁이 나면 예수님이 다시 오실 때가 됐다고 불안을 부추기는 사람들도 있어요. 그러나 그런 말에 귀 기울일 필요는 없어요. 자연재해와 전쟁은 어느 시대나 항상 있었지요. 성경은 오히려 때와 징조는 신경 쓰지 말라고 가르쳐요. 그날을 오직 하나님만 알기 때문이어요.

우리는 각자 주어진 일에 충성하며 예수님의 가르침 대로 사는 것이 올바른 신앙인의 자세에요. 세상의 빛과 소금으로 하나님과 이웃을 사랑하며 살아야 해요. 예수님을 만날 때 부끄럽지 않도록 사는 것이 중요하지요.

* 참고 - 한자를 살피고 단어의 뜻을 알아보세요.

재림 [再 재차, 거듭, 다시 한 번 臨 임하다. 군림하다.] - 다시 재차 임하다

이단 [異 다르다 端 끝] - 마지막이 다르다.

공격 [攻 치다. 때리다 擊 부딪치다] - 부딪쳐 때리다.

교사 가이드

① 명확히 뜻을 모르는 단어를 먼저 확인하고 ② 교사가 단어의 한자 뜻을 알려주고 학생이 그 의미를 설명합니다. ③ 강단 글을 함께 소리 내어 읽고 ④ 교사는 질문으로 피드백합니다. * 강단은 교사의 판단에 따라 두 번 나눠도 좋습니다.

* **피드백 질문의 예시**

* 하늘로 올라가신 예수님은 어떤 모습으로 다시 오신다고 했나요?
* 예수님의 재림에 대한 이단들의 잘못된 생각은 무엇인가요?
* 예수님을 기다리는 올바른 자세는 무엇이라고 설명하나요?

* **성경적 개념 설명이 필요한 단어 예시**

* 재림-영원한 하나님 나라를 완성하기 위해 예수님이 다시 오시는 사건
* 하늘로 올라가신 - 하늘 위 어떤 장소로 가셨다는 뜻이 아니라 예수님은 본래 하나님이기에 하나님 보좌로 가셨다는 의미이다.
* 참고/마지막 때 - 시간상 예수님이 오시기 직전이란 의미도 있지만, 예수님의 십자가 구원을 믿음으로 받아들일 마지막 기회가 있는 때를 의미한다. 예수님이 승천하신 이후부터 구원의 문이 닫히는 재림의 때까지를 말한다.

내가 예수라고 주장한 사람은 늘 있습니다. 그런 사람들에게 속는 것은 성경을 공부하지 않기 때문입니다.

예수님은 이단 신도들만 알아보게 오시지 않습니다. 오히려 예수님을 싫어하는 사람까지도 알아볼 수 있게 오십니다.

그날이 되면 2천 년 전의 예수님이라는 것을 믿는 사람도 믿지 않는 사람도 모두 알 수 있게 오십니다. 관심 없는 사람들도 모두가 볼 수 있도록 큰 나팔 소리와 함께 오십니다.

하브루타 활동

하브루타 강단 돌아 보기 질문 1~2개를 선택하고 의견을 발표하세요.

* 공부하며 생각난 질문이 있나요?　　* 이해가 안 되는 내용이 있나요?
* 오늘 처음 알게 된 내용이 있나요?　　* 연관되어 떠오른 이야기가 있나요?
* 전에 알고 있었지만, 새롭게 다가온 내용은 무엇인가요?
* 공부한 내용에서 가장 중요한 핵심은 무엇이라 생각하나요?

질문에 관련 있는 부분을 만화에서 찾고 그 내용과 함께 자기 의견을 설명하세요.

리액션 하기 의견을 들은 후에는 자기 생각과 비슷한 리액션 동작을 표현하고, 그 이유를 짧게 설명하세요. [복수 선택 가능]

핵심을 정확히 설명했을 때	핵심만 간단히 설명길 바랄 때
내 의견과 비슷하다고 생각할 때	미처 생각하지 못한 것을 설명했을 때
설명이 나에게 도움이 되었을 때	설명을 듣다가 이해한 것이 생겼을 때
듣다 보니 질문이 생길 때	발표 태도가 이전보다 개선됐을 때

교사 가이드

① 각자 제시된 질문에서 한두 가지를 선택하고 자기 의견을 이야기합니다. ② 발표할 때는 만화에서 관련 부분을 찾고 더 붙어 함께 설명합니다.
③ 발표한 사람에게 모두 돌아가며 리액션합니다. ④ 교사는 왜 그렇게 리액션했는지 질문합니다. ⑤ 필요에 따라 질문과 의견을 더 주고받습니다.
＊ 피드백하는 또 다른 방법 – 교사가 시간 등 상황을 고려하여 진행합니다.
[1. 리액션 왕 뽑기]
모든 발표자는 받은 리액션 중에서 가장 맘에 든 리액션을 선택합니다. 모두 발표를 마친 후 가장 많이 선택받은 사람이 리액션 왕이 됩니다.
모두가 [리액션 왕 OOO 님을 뵙니다!]로 인사하고 박수로 축하합니다.
[2. 문해력 왕 뽑기] – 각자 질문을 하나씩 선택하고 내 질문에 대한 친구들의 의견 중에서 가장 마음에 드는 의견을 하나 선택한다. 가장 많이 선택받은 사람이 경청 왕이 됩니다. ＊ 같은 질문을 선택하였다면 각자 마음에 드는 답을 하나씩 선택합니다.
[3. 친구에게 퀴즈 내기] – 각자 본문에서 퀴즈를 내고 가장 좋은 대답 또는 질문을 선정한다. 퀴즈를 모두 마친 후 동시에 가장 맘에 드는 것을 지목하여 결정한다.

성경적 개념 설명하기

- 이단에 빠지는 이유를 사진을 2장 선택하고 설명하세요.

교사 가이드

① 짝은 교사가 정합니다. (때론 가위바위보 또는 제비뽑기도 좋습니다] ② 짝과 사진을 선택하고 의견을 나눈 후 ③ 발표는 각자 합니다. 자기 의견이 앞서 발표한 사람과 같아도 자기표현으로 설명해야 합니다.
* 짝 활동 중일 때 학생이 응용하도록 독백하듯이 교사가 자기 의견을 읽어 줍니다.

❋ 예시
* 7번 – 성경 말씀을 정확히 확인하지 않고 덮어놓고 믿을 때 맹목적인 신앙인이 되기 쉽고 이단에 빠지기 쉽다.

* 8번 – 신앙이 현실 도피가 되면 맹목적인 신앙이 되어 징조 등을 말하는 이단의 유혹에 넘어간다. 예수님은 세상을 이기었다고 말하며 담대하라 가르친다.

* 3번 – 교회 안에서 건강한 교제가 없으면 혼자 생각하고 생각에 생각 꼬리를 물어 잘못된 판단의 길로 가기 쉽다.

* 4번 – 건강한 비판적 사고가 없으면 맹목적으로 추종하는 신앙이 되기 쉽다.

🗨 핵심 내용 정리 하기 자기 언어로 해설과 대사를 기록하고 설명하세요.

🗨 한 줄 요약 – 짝과 함께 문장을 완성하고 그 의미를 구체적으로 설명하세요.

구원을 완성하기 위해 다시 오실 예수님은 ______________
___________________________ 한 모습으로 오신다.

교사 가이드

핵심 내용 정리하기 ① 짝과 함께 해설의 밑줄과 말풍선을 완성 후 ② 발표합니다.
● 교사는 2천 년 전 예수님이 불신자도 알아볼 수 있도록 공개적으로 오신다는 내용이 있는지 확인합니다.

한 줄 요약 ① 각자 스스로 정의한 한 후 발표합니다. ② 학생이 요약하는 동안 응용할 수 있도록 교사가 자기 요약을 자연스럽게 읽어 줍니다.

> **예시]** * 성경에서 부활은 육신이 다시 살아나는 것은 물론이며 영원히 하나님과 함께하는 것이다.

* 본 교재의 예시는 저자의 요약일 뿐입니다. * 교사도 자기 요약을 만들기를 권합니다.

부끄럽지 않은 그날

예수님을 믿는 사람 중에도 예수님의 재림에 대해 무관심한 사람이 많아요. 2천 년이 지났는데도 오지 않는 것을 보니 당장 급한 일은 아니라고 생각해요. 그러나 그것은 잘못된 생각이에요.

예수님이 백년 후, 천년 후에 오실 수도 있어요. 하지만 우리에게 시간은 무한정하지 않아요. 구원은 세상에서 사는 동안에 예수님을 믿어야만 해요(벧후3:9). 목숨이 끊기면 모든 것이 끝이에요. 다시는 기회가 없어요.

예수님이 아직 오지 않은 것은 한 사람이라도 더 구원받기를 기다리는 것이에요. 그 한 사람은 누구일까요? 바로 믿지 않는 아빠와 가족 그리고 주변 친구들이에요. 사랑하는 가족과 주변 친구들이 하나님의 사랑과 은혜를 누리도록 전도해야 해요. 주님을 다시 만날 때 부끄럽지 않도록 복음을 전하는 것은 믿는 자의 중요한 사명이에요,

사도 바울은 예수님이 다시 오실 그날이 가까울수록 사람들은 하나님을 알아도 자기 자신을 더 사랑한다고 했어요(롬1:20 이후). 말로만 하나님을 사랑한다고 순종한다고 할 뿐, 실제로는 불편하고 이득이 없다고 생각하면 교회를 옮기고 아담처럼 자기 맘대로 살면서 편하고 재미있는 것만 좋아하지요.

편하고 즐겁게 사는 것도 좋지만 힘들고 수고스러워도 예수님이 기뻐하는 일을 소중히 여겨야 해요. 예수님의 말씀에 따라 하나님을 사랑하고, 이웃을 사랑하며 복음을 전하는 충성된 자로 살아야 해요.

* 참고 - 한자를 살피고 단어의 뜻을 알아보세요.
구원 [救 건지다, 고치다, 援 당기다, 잡다] - 당겨 건지다
은혜 [恩 은혜, 사랑하다, 혜택 惠 베풀다, 사랑하다] - 사랑으로 베풀어 받은 혜택
전도 [傳 전하다, 널리 펴트리다 道 길, 도리, 이치] - 도리를 널리 퍼트리다

교사 가이드

① 먼저 명확히 뜻을 모르는 단어를 확인하고 ② 교사가 단어의 한자 뜻을 알려주면 학생이 단어의 의미를 설명합니다. ③ 강단 글을 함께 소리 내어 읽고 ④ 교사는 질문으로 피드백합니다. * 두세 번 나눠 읽을지는 교사가 판단합니다.

＊ 피드백 질문의 예시

* 읽은 내용에서 가장 중요한 단어는 뭐라 생각하나요? 그 이유는 무엇인가요?
* 예수님이 지금 오지 않는 이유는 무엇이라 설명하나요?
* 예수님이 다시 올 때가 가까울수록 사람들은 어떤 모습이라고 했나요?
* 예수님을 기다리는 성도가 중요하게 해야 할 일은 무엇이라고 설명하나요?

＊ 성경적 개념 설명이 필요한 단어 예시

* 구원-하나님이 그리스도를 통해 영원한 심판에서 건져 주시는 은혜
* 복음-하나님께서 베푸신 그리스도의 십자가 대속과 부활 등 구원에 대한 구체적 내용이 담긴 소식
* 교회-예수의 복음을 믿고 구원받은 사람들 (공동체)

2 천년이 지나도 안 오시는 것을 보니 아직 멀었다고 생각하고는 사람도 많습니다.

하지만 예수님은 한 사람이라도 더 구원받기를 바라시며 기다리시는 것입니다.

이 땅에서 잘 먹고 잘사는 것도 좋은 일이지만

모두가 다 썩고 사라질 것들입니다.

영원한 하나님 나라를 생각하며 사는 것이 훨씬 고귀하고 가치 있는 삶입니다.

하브루타 활동

 **하브루타 강단 돌아 보기** 질문 1~2개를 선택하고 의견을 발표하세요.

> * 공부하며 생각난 질문이 있나요?　　　　* 이해가 안 되는 내용이 있나요?
> * 오늘 처음 알게 된 내용이 있나요?　　　* 연관되어 떠오른 이야기가 있나요?
> 　　* 전에 알고 있었지만, 새롭게 다가온 내용은 무엇인가요?
> 　　* 공부한 내용에서 가장 중요한 핵심은 무엇이라 생각하나요?

질문에 관련 있는 부분을 만화에서 찾고 그 내용과 함께 자기 의견을 설명하세요.

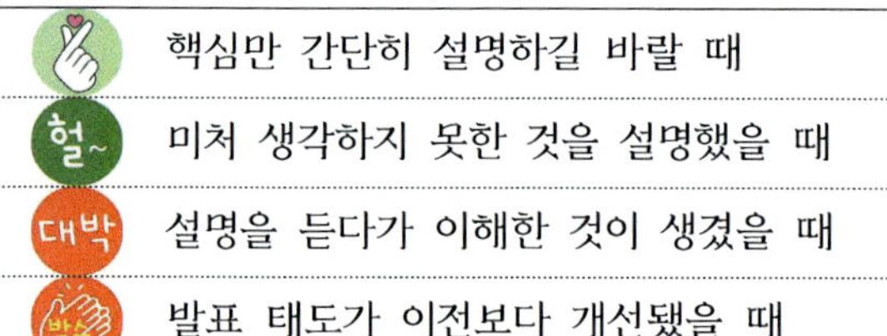 **리액션 하기** 의견을 들은 후에는 자기 생각과 비슷한 리액션 동작을 표현하고, 그 이유를 짧게 설명하세요. [복수 선택 가능]

👍	핵심을 정확히 설명했을 때		핵심만 간단히 설명하길 바랄 때
OK	내 의견과 비슷하다고 생각할 때	헐~	미처 생각하지 못한 것을 설명했을 때
	설명이 나에게 도움이 되었을 때	대박	설명을 듣다가 이해한 것이 생겼을 때
	듣다 보니 질문이 생길 때		발표 태도가 이전보다 개선됐을 때

교사 가이드

① 각자 제시된 질문에서 한두 가지를 선택하고 자기 의견을 이야기합니다. ② 발표할 때는 만화에서 관련 부분을 찾고 더 불어 함께 설명합니다.

③ 발표한 사람에게 모두 돌아가며 리액션합니다. ④ 교사는 왜 그렇게 리액션했는지 질문합니다. ⑤ 필요에 따라 질문과 의견을 더 주고받습니다.

＊ 피드백하는 또 다른 방법 – 교사가 시간 등 상황을 고려하여 진행합니다.

[1. 리액션 왕 뽑기]

모든 발표자는 받은 리액션 중에서 가장 맘에 든 리액션을 선택합니다. 모두 발표를 마친 후 가장 많이 선택받은 사람이 리액션 왕이 됩니다.

모두가 [리액션 왕 OOO 님을 뵙니다!]로 인사하고 박수로 축하합니다.

[2. 문해력 왕 뽑기] – 각자 질문을 하나씩 선택하고 내 질문에 대한 친구들의 의견 중에서 가장 마음에 드는 의견을 하나 선택한다. 가장 많이 선택받은 사람이 경청 왕이 됩니다. * 같은 질문을 선택하였다면 각자 마음에 드는 답을 하나씩 선택합니다.

[3. 친구에게 퀴즈 내기] – 각자 본문에서 퀴즈를 내고 가장 좋은 대답 또는 질문을 선정한다. 퀴즈를 모두 마친 후 동시에 가장 맘에 드는 것을 지목하여 결정한다.

하브루타 활동

성경적 개념 설명하기

예수님이 다시 오신 상황을 상상하고 구원받은 나와 심판받는 사람 그리고 예수님의 감정을 눈과 입술 모양으로 표현하고 감정 단어와 함께 설명하세요.

감정 표현의 예 :       

믿음의 성도,
감정?
———————
———————
———————

[믿음의 사람]

성도를 향한
예수님의 감정?
———————
———————
———————

섬뜩하다
감격하다
울부짖다
분노하다
단호하다
속시원하다
슬프다
고맙다
차갑다
분통터지다
감사하다
벅차다
처량하다
두렵다
즐겁다
눈물겹다

불신자가
느끼는 감정?
———————
———————
———————

[불신자]

불신자를   보는
예수님의 감정?
———————
———————
———————

교사 가이드

① 짝과 함께 감정 단어를 선택하고 이야기 나눈 후(이때 교사는 사람의 감정은 한 가지가 아니라 복합적이라고 말해 줍니다) ② 교재의 얼굴에 감정을 눈과 입 모양으로 표현합니다. ② 발표는 각자 합니다.

* 짝 활동 중일 때 학생이 응용하도록 독백하듯이 교사가 자기 의견을 읽어 줍니다.

*** 예시**

* 예수님을 믿는 나는 너무나 **가슴 벅차고 감격스럽겠지만** 믿지 않아 심판받는 가족을 생각하면 너무 **슬프고 눈물겨울 것 같다.** 예수님은 믿음을 끝까지 지킨 나를 보며 **눈물겹게 감격할** 것 같다.

* 믿지 않은 사람은 **섬뜩할** 만큼 **두렵고** 더 예수 믿으라고 적극적으로 전도하지 않은 사람을 생각하며 원망하고 **분노할** 것 같다. 예수님은 끝까지 핑계하고 원망한 사람의 고집을 보며 더 **분노할** 것 같다.

 자기 언어로 해설과 대사를 기록하고 설명하세요.

한 줄 요약 – 짝과 함께 문장을 완성하고 그 의미를 구체적으로 설명하세요.

> 예수님을 기다리는 올바른 신앙은
>
> 이다.

교사 가이드

핵심 내용 정리하기 ① 짝과 함께 만화의 밑줄과 말풍선을 완성 후 ② 발표합니다.

한 줄 요약 ① 반드시 각자 스스로 정의한 한 후 발표합니다. 학생이 요약하는 동안 응용할 수 있도록 ② 교사가 자기 요약을 자연스럽게 읽어 줍니다.

> **예시]** 예수님을 기다리는 올바른 신앙은 자신에게 주어진 일에 충성하며 자신의 일상에서도 예수님을 전해지도록 경건하며 기회가 있을 때마다 복음을 전하며 사는 것이다.

* 본 교재의 예시는 저자의 요약일 뿐입니다. * 교사도 자기 요약을 만들기를 권합니다.

요약하고 기도하기

✎ 말씀 다시 보기

밑줄이 누구를 말하는지 (어떤 의미인지) 이야기한 후 뜻을 생각하며 천천히 읽으세요.

[사도행전 1장 11절] [우리말성경]

"갈릴리 사람들아, 왜 여기 서서 하늘만 쳐다보고 있느냐? 너희 곁을 떠나 하늘로 올라가신 이 **예수는 하늘로 올라가시는 것을 너희가 본 그대로 다시 오실 것이다**

[요한복음 5장 29절] [우리말성경]

선한 일을 행한 사람들은 **부활해 생명을 얻고**

악한 일을 행한 사람들은 **부활해 심판을 받을 것** 이다

교사 가이드

가급적 개인이 스스로 정리하면 좋지만, 상황에 따라 교사가 짝을 만들어 주고 함께 의논하여 기록한 후 교사에게 확인받게 합니다. 제대로 이해하지 못했다면 먼저 다른 사람의 설명을 들어보게 한 후 교사가 요약하여 설명합니다.

> **✳ 교사의 예시**
>
> [사도행전 1장 11절] "갈릴리 사람들아, 왜 여기 서서 하늘만 쳐다보고 있느냐? 너희 곁을 떠나 하늘로 올라가신 이 **예수는 하늘로 올라가시는 것을 너희가 본 그대로 다시 오실 것이다** [2 천년 전 신자가에서 죽으시고 부활하신 예수님이란 사실이 명백히 드러 나도록 오실 것이다.]
>
> [요한복음 5장 29절]
> 선한 일을 행한 사람들은 **부활해 생명을 얻고**[예수님과 함께 하나님 나라에 살게 되고] 악한 일을 행한 사람들은 **부활해 심판을 받을 것** [영원히 지옥으로 떨어 질 것]이다

제5과 요약 하기

나의 요약] 각자 아래 문장을 완성하세요.

다시 오실 예수님은 _______________________________ 한

모습으로 다시 오신다.

다시 오실 예수님을 믿는 우리는 _______________________

_______________________________ 살아야 한다.

짝과 함께 다시 요약하기

짝과 함께 예수님이 다시 오실 때의 모습과 그렇게 오시는 이유와 재림을 기다리는 바른 자세가 포함된 요약으로 다시 통일하세요.

교사 가이드

① 짝 활동 전에 각자 스스로 요약 문장을 완성합니다. ② 1~2분 정도 후 교사가 자연스럽게 자기 요약을 읽어 주면 도움이 됩니다. ③ 어느 정도 완성 후 2~3명이 짝이 되어 짝의 요약을 보며 자기 요약을 보완합니다. 또는 짝과 함께 하나의 요약으로 다시 통일합니다.

✳ 교사의 예시

다시 오실 예수님은 2 천년 십자가에서 죽으시고 부활하신 예수님이란 사실을 알 수 있는 모습으로 다시 오신다.
다시 오실 예수님을 믿는 우리는 주님의 복음을 전해 지도록 나에게 주어진 삶에 충성하는 자세로 살아야 한다.

* 본 교재의 예시는 저자의 요약일 뿐입니다. * 교사도 자기 요약을 만들기를 권합니다.

작은 기도 부흥회

회개 자신을 돌아보고 앞으로 하지 말아야 할 일들을 나누세요.

1) 다시 오실 예수님에 대해 무관심한 나의 모습은?

____

2) 이기적이고 이 땅의 축복에만 관심 있던 나의 모습은?

____

3) 그밖에 나누고 싶은 질문 ____

교사 가이드

① 교사가 예시를 말해 주고 ② 비슷한 주변 모습이나 자기 경험을 이야기합니다.
③ 나온 이야기 중에서 자기 모습과 비슷한 사례를 발표합니다.

＊ 예시

1) 다시 오실 예수님에 대해 무관심한 나의 모습은?
 ＊ 나의 기도는 항상 현재의 어려움에 관한 것뿐이었다.
 ＊ 예수님이 중요하게 생각하는 것이 무엇인지 생각하지 않았다.
 ＊ 재림은 아직 먼 이야기라고 생각했기에 전도에 무관심했다.

2) 이기적이고 이 땅의 축복에만 관심 있던 나의 모습은?
 ＊ 하나님이 원하는 일은 관심도 없으면서 어려움이 생기면 불평하고 교회 열심히
   나와도 소용없다고 생각했다.
 ＊ 교회 일에 빠질 때 다른 사람의 입장과 마음은 생각하지 않았다.

간구 내 힘으로 할 수 없기에 하나님의 도움이 필요한 일을 나누세요.

1) 그날에 부끄러움 없도록 주신 사명 감당하게 하소서!
2) 말씀 위에 견고히 세워진 신앙인으로 살게 하소서!
3) 그 밖에 기도하고 싶은 것 ____

교사 가이드

① 제시된 내용이 왜 중요한지 교사가 이야기해 주고 ② 반대로 되었을 때 일어날 수 있는 일 등을 나눕니다.

* 예시

1) 그날에 부끄러움 없도록 주신 사명 감당하게 하소서!
 * 그날을 생각하지 않으면 우리는 예배와 기도를 가볍게 여기며 살 것이다.
 * 중요한 일은 관심 없고 하고 싶은 것, 갖고 싶은 것에만 관심 둘 것이다.
2) 말씀 위에 견고히 세워진 신앙인으로 살게 하소서!
 * 말씀을 배우지 않으면, 대충대충 교회 다닐 것 같다.
 * 말씀을 모르면 잘못된 말에 쉽게 속을 것이다.

나의 결단 각오나 다짐이 아닌 확인 가능한 실천을 나누세요.

____

____

교사 가이드

 * 결단은 각오와 다짐보다는 말이나 행동으로 확인할 수 있는 것으로 정합니다.
 * 예시 – 말씀 공부에 더 적극적으로 열심히 참여하겠다.

\#. 나눔 후, 스마트폰 등을 사용하여 찬양과 함께
서로 손을 맞잡고 큰 소리로 기도하세요.

교사 가이드

기도할 때는 스마트폰 등을 활용해 찬양을(예; 유튜브) 배경음악으로 크게 틀고, 모두 손을 맞잡고 작은 부흥회라는 마음으로 간절히 소리 내어 기도합니다.

마지막은 반드시 교사의 축복 기도로 마칩니다. 학생 이름을 언급하며 기도합니다. 모두 마친 후에는 하이 파이브나 포옹 등 인사로 마무리합니다. 다만 이성 간의 포옹은 가족이 아닌 경우에는 조심해야 합니다.

교회 공동체

진도 보다 내용을 이해할 수 있도록 충분히 이야기 나누세요.

골로새서 1장 18절

[개역 개정]

18 그는 몸인 교회의 머리시라 그가 근본이시오

죽은 자들 가운데서 먼저 나신 이시니

이는 친히 만물의 으뜸이 되려 하심이요

[현대어 성경]

18 그리스도께서는 자신의 백성으로 이루어진 몸인

교회의 머리이십니다.

교회는 그분에게서 시작되었습니다.

그분은 죽은 자들 가운데서 살아나신 최초의 분입니다.

그래서 그분은 만물의 으뜸이 되셨습니다.

교사 가이드

① 명확히 뜻을 모르는 단어는 교사가 단어의 한자 뜻을 알려주고 ② 학생이 의미를 설명하면 교사가 정확한 뜻을 알려줍니다.

③ 성격적인 의미를 알아야 할 단어는 교사가 설명해 줍니다.

* 예시

  * 근본–根 뿌리 근, 本 밑 본 (밑, 기초, 근본, 기원, 근원, 바탕): ① 사물 사건 등이 시작되는 근원 ② 자라온 바탕, 배경 / 본문에서는 ① 의미이다.

⑧ 의미를 생각하며 성경을 천천히 읽습니다. [현대어 성경]은 말씀의 의미를 이해하는 데 참고하고, 암송은 [개역 개정]으로 합니다.

제6과 – 하브루타 강단 1

신전이 필요 없는 사람들

　　이집트, 그리스 등 세상의 신은 각각 고유한 영역이 있어요. 로마 사람은 안전한 항해를 위해서 포세이돈 신을 찾았고, 전쟁에 나갈 때는 아레스 신에게 제물을 바쳤어요. 신전이 클수록 신의 능력도 크다고 생각했지요. 신전 없는 종교는 상상할 수도 없는 일이었어요.

　　그런데 신을 섬기면서도 신전을 만들지 않은 사람들이 나타났어요. 바로 교회에요. 공부하는 사람을 학생이라 하듯, 교회는 예수님을 믿는 사람들을 부르는 말이에요. 교회는 하나님의 전능하심을 믿었지요. 모든 것을 오직 하나님께만 의지했어요. 어디서든 하나님이 함께하시니 신전을 만들 필요도 없었어요. 당시 사람들은 도저히 이해가 안 돼 교회를 무신론자라고 할 정도였어요.

　　교회는 처음에는 심한 핍박을 받았지만, 콘스탄틴 황제가 313년에 로마의 정식 종교로 인정한 후에는 많은 것이 달라졌어요. 로마는 교회가 예배드릴 건물을 지어 주었는데 카톨릭 교회는 이 건물을 성당이라고(거룩한 큰 집) 불러요. 우리나라도 복음이 전해진 초기에는 교회가 예배드리는 큰 집이란 뜻으로 예배당 또는 교회가 모이는 집이라 하여 교회당이라 불렸어요.

　　시간이 흐르면서 'oo교회'같은 간판을 달고, 'oo성전'같은 팻말을 붙이면서 사람들은 자연스럽게 건물을 교회로 오해하게 됐어요. 건물을 교회라고 생각하니 자신이 교회라는 생각이 약해졌어요. 이제 교회가 부흥하고 축복받는다고 해도 교인 수가 많아지는 것만 생각하고, 내가 복을 받는다는 마음을 갖지 못하게 되었어요. 교회는 건물이 아니고 예수님을 믿고 따르는 공동체에요. 하나님은 교회를 당신의 몸처럼 귀하게 여기시고 사랑합니다.

* 참고 - 한자를 살피고 단어의 뜻을 알아보세요.
　종교 [宗 일의 근원. 가장 뛰어난 것. 敎 가르치다] - 모든 일의 근본이 되는 가르침
　능력 [能 능하다 力힘] - 이루어지게 만드는 힘
　신전 [神 귀신. 혼 殿 큰집] - 귀신. 신령을 모시는 큰 집

교사 가이드

① 먼저 명확히 뜻을 모르는 단어는 하고 교사가 한자 뜻을 알려주고 학생 스스로 설명합니다. ② 교사가 다시 정확한 의미를 알려줍니다. ③ 강단 글을 함께 소리 내어 읽고 ④ 교사는 피드백을 위해 질문을 합니다.

*** 피드백 질문의 예시**

　* 교회가 다른 종교와 다른 점은 무엇이라 설명하나요?
　* 예전에는 우리나라는 교회가 사용하는 건물을 무엇이라고 했었나요?
　* 교회에 대해 잘못된 개념을 갖게 된 이유는 무엇인가요?

*** 성경적 개념 설명이 필요한 단어 예시**

　* 성전-한자로는 '聖 거룩할 성'과 '殿 집 전'이다. 이방 종교와 달리 유대인은 거룩하신 하나님이 임재하는 건물로 다른 건물과 구별된 집이란 의미로 성전이라 했다. (참고: 이방 종교에서는 신이 거하는 집이라 하여 신전이라 불렀다.)

고린도에 있는 하나님의 교회, 곧 그리스도 예수 안에서 거룩하게 돼 성도로 부르심을 받은 사람들과 또한 각처에서 우리 주 예수 그리스도의 이름을 부르는 모든 사람들에게 편지를 씁니다.

[고린도전서 1장 2절]

하브루타 활동

하브루타 강단 돌아 보기 질문 1~2개를 선택하고 의견을 발표하세요.

> * 공부하며 생각난 질문이 있나요? * 이해가 안 되는 내용이 있나요?
> * 오늘 처음 알게 된 내용이 있나요? * 연관되어 떠오른 이야기가 있나요?
> * 전에 알고 있었지만, 새롭게 다가온 내용은 무엇인가요?
> * 공부한 내용에서 가장 중요한 핵심은 무엇이라 생각하나요?

질문에 관련 있는 부분을 만화에서 찾고 그 내용과 함께 자기 의견을 설명하세요.

리액션 하기 의견을 들은 후에는 자기 생각과 비슷한 리액션 동작을 표현하고, 그 이유를 짧게 설명하세요. [복수 선택 가능]

	핵심을 정확히 설명했을 때		핵심만 간단히 설명하길 바랄 때
	내 의견과 비슷하다고 생각할 때	헐~	미처 생각하지 못한 것을 설명했을 때
	설명이 나에게 도움이 되었을 때	대박	설명을 듣다가 이해한 것이 생겼을 때
	듣다 보니 질문이 생길 때		발표 태도가 이전보다 개선됐을 때

교사 가이드

① 각자 제시된 질문에서 한두 가지를 선택하고 자기 의견을 이야기합니다. ② 발표할 때는 만화에서 관련 부분을 찾고 더 불어 함께 설명합니다.
③ 발표한 사람에게 모두 돌아가며 리액션합니다. ④ 교사는 왜 그렇게 리액션했는지 질문합니다. ⑤ 필요에 따라 질문과 의견을 더 주고받습니다.

* **피드백하는 또 다른 방법** – 교사가 시간 등 상황을 고려하여 진행합니다.

[1. 리액션 왕 뽑기]

모든 발표자는 받은 리액션 중에서 가장 맘에 든 리액션을 선택합니다. 모두 발표를 마친 후 가장 많이 선택받은 사람이 리액션 왕이 됩니다.
모두가 [리액션 왕 OOO 님을 뵙니다!]로 인사하고 박수로 축하합니다.

[2. 문해력 왕 뽑기] – 각자 질문을 하나씩 선택하고 내 질문에 대한 친구들의 의견 중에서 가장 마음에 드는 의견을 하나 선택한다. 가장 많이 선택받은 사람이 경청 왕이 됩니다. * 같은 질문을 선택하였다면 각자 마음에 드는 답을 하나씩 선택합니다.

[3. 친구에게 퀴즈 내기] – 각자 본문에서 퀴즈를 내고 가장 좋은 대답 또는 질문을 선정한다. 퀴즈를 모두 마친 후 동시에 가장 맘에 드는 것을 지목하여 결정한다.

성경적 개념 설명하기

각자 번호를 선택하고 해당 카드에 대한 의견을 나누세요. 먼저 두 사람을 지목하여 의견을 들은 후 자기 의견을 발표하세요.

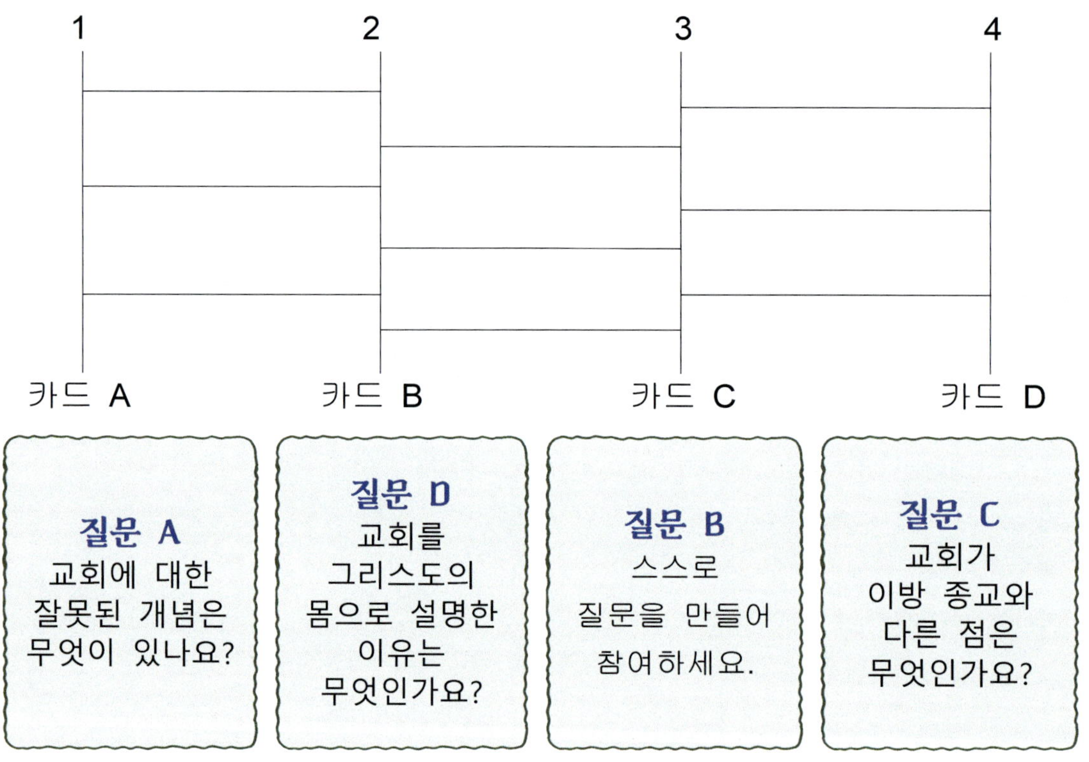

교사 가이드

① 사다리 타기로 질문을 선택하고, ② 자기 질문에 대해 두 사람을 지명하여 의견을 들은 다음 자기 의견을 답합니다. 발표 순서는 교사가 정합니다.

＊ 질문에 대한 답 예시

*A-건물을 교회로 생각하며 예배실을 성전, 강단을 지성소로 생각하는 것이다. 예배실에서는 경건하게 행동해야겠지만 성전은 아니다. 성전은 성도들이다.

*C-이방 종교는 신에게 제물을 드리는 제사가 중심이지만 교회는 하나님과 교제가 중심이 되는 예배가 중요하다. 당연히 제물도 사제도 제사도 없다.

*D-예수님이 우리를 자기 몸처럼 사랑하며 성도들 또한 서로를 자기 몸처럼 사랑해야 한다. 더 나아가 성도는 서로 역할은 다르지만, 머리 되신 예수의 뜻을 순종하여야 한다는 의미이다.

한 줄 요약 – 짝과 함께 문장을 완성하고 그 의미를 구체적으로 설명하세요.

성경에서 말하는 교회는
___________________________________ 이다.

교사 가이드

핵심 내용 정리하기 ① 짝과 함께 만화의 밑줄과 말풍선을 완성 후 ② 발표합니다.
③ 교회가 신전을 만들지 않는 이유와 교회의 의미를 설명하는지 피드백합니다.

한 줄 요약 ① 반드시 각자 스스로 정의한 한 후 발표합니다. 학생이 요약하는 동안
응용할 수 있도록 ② 교사가 자기 요약을 자연스럽게 읽어 줍니다.

> ❋ 예시
> 성경에서 말하는 교회는 건물이 아니고 예수님을 믿고 따르는 성도들이다.

* 본 교재의 예시는 저자의 요약일 뿐입니다. * 교사도 자기 요약을 만들기를 권합니다.

제6과 - 하브루타 강단 2

이 땅에 살아야 하는 이유

그토록 사랑하는 우리를 구원하셨는데, 하나님은 왜 우리는 천국으로 데려가지 않으시고 여전히 어려움이 많은 이 땅에 살게 하는 걸까요? 하나님 나라에서 예배와 교제는 이 땅에서와는 비교할 수도 없을 것인데도 우리를 하나님 나라로 데려가지 않는 이유가 뭘까요? 그것은 우리를 통해 한 영혼이라도 더 구원하시려는 하나님의 뜻이에요.

하나님이 세상에 알리고 싶은 것은 십자가와 부활 사건만이 아니에요. 한 걸음 더 나아가 성령님과 함께하는 우리의 삶, 곧 권능의 삶을 보여 주고 싶은 거예요. 그 모습을 통해 사람들이 하나님께 돌아오길 원하시지요. 그리스도의 증인이 된다는 것은 단지 예수님에 대해서 말하는 것이 아니에요. 성령님과 함께하는 권능의 삶을 보여 주는 것이지요.

예수의 증인이 되는 것은 오직 이 땅에서만 할 수 있는 특별한 축복이에요. 바울은 교회가 하나님의 유업을 받는다고 가르쳐요. 유업은 말 그대로 물려받는 일로 예수님의 일을 물려받는 것을 말해요. 곧 사람들이 복음을 통해 하나님과 회복된 관계를 누리게 하는 일이지요. 이는 하나님을 사랑하고 그리스도 안에서 서로서로 사랑하는 교회가 되어 누리는 축복이에요.

초대 교회는 예수님의 말씀에 따라 서로 사랑하는 공동체였어요. 노예도 예수님을 믿으면 하나님의 자녀로 존중받았고 함께 식탁에 앉아 교제했답니다. 당시 관습과는 달리 여자와 어린이도 존중받고 대우받았어요. 하나님이 에덴에서 번성하라고 하신 축복이 교회 공동체에서 실현된 것이에요.

* 참고 - 한자를 살피고 단어의 뜻을 알아보세요.

구원 [救 건지다. 援 당기다] - 빠져나오도록 당겨 건지다

권능 [權 저울추 能 능하다] - 옳고 그름을 판단하는 능력

유업 [遺 후세에 전하다. 業 일] - 후세에 전하는 일

교제 [交 사귀다. 際 서로, 이어지다] - 서로 이어져 사귀다

교사 가이드

① 먼저 명확히 뜻을 모르는 단어를 확인하고 ② 교사가 단어의 한자 뜻을 알려주면 학생이 설명합니다. ③ 강단 글은 상황에 따라 한 번 또는 두 번으로 나눠 읽고 피드백합니다.

* 피드백 질문의 예시

* 하나님이 믿지 않은 사람에게 알리려는 것은 무엇인가요?

* 구원받았는데도 이 땅에 사는 이유는 무엇이라 설명하나요?

* 초대 교회에 대해 어떻게 설명하나요?

* 교사가 설명할 성경적 개념이 필요한 단어 예시

* 증인- 법정에서 증언하는 사람이 아니라 성령과 함께 살며 세상 사람이 그리스도의 구원을 알도록 하나님의 복음과 사랑이 보이도록 사는 사람이다.

* 유업-한자로 흘러 받은 일이란 뜻으로 영혼 구원을 위한 예수님의 일, 곧 복음을 전하고 그리스도의 몸(교회)이 되도록 섬기는 모든 일이다.

초대 교회는 신분, 나이, 성별을 상관하지 않고 모두가 서로 사랑하고 존중했답니다. 노예도 함께 식탁에 앉아 교제했고, 여자도 어린이도 무시하는 일이 없었습니다. 서로를 가족처럼 사랑하고 아끼는 모습이 사람들에게 큰 감동을 주었고, 제자가 되려는 사람들이 날마다 나왔습니다.

하브루타 활동

 **하브루타 강단 돌아 보기** 질문 1~2개를 선택하고 의견을 발표하세요.

> * 공부하며 생각난 질문이 있나요?　　　　* 이해가 안 되는 내용이 있나요?
> * 오늘 처음 알게 된 내용이 있나요?　　　* 연관되어 떠오른 이야기가 있나요?
> 　　　* 전에 알고 있었지만, 새롭게 다가온 내용은 무엇인가요?
> 　　　* 공부한 내용에서 가장 중요한 핵심은 무엇이라 생각하나요?

질문에 관련 있는 부분을 만화에서 찾고 그 내용과 함께 자기 의견을 설명하세요.

리액션 하기 의견을 들은 후에는 자기 생각과 비슷한 리액션 동작을 표현하고, 그 이유를 짧게 설명하세요. [복수 선택 가능]

	핵심을 정확히 설명했을 때		핵심만 간단히 설명하길 바랄 때
	내 의견과 비슷하다고 생각할 때	헐~	미처 생각하지 못한 것을 설명했을 때
	설명이 나에게 도움이 되었을 때	대박	설명을 듣다가 이해한 것이 생겼을 때
	듣다 보니 질문이 생길 때		발표 태도가 이전보다 개선됐을 때

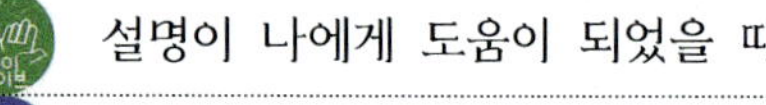

교사 가이드

① 각자 제시된 질문에서 한두 가지를 선택하고 자기 의견을 이야기합니다. ② 발표할 때는 만화에서 관련 부분을 찾고 더 붙어 함께 설명합니다.

③ 발표한 사람에게 모두 돌아가며 리액션합니다. ④ 교사는 왜 그렇게 리액션했는지 질문합니다. ⑤ 필요에 따라 질문과 의견을 더 주고받습니다.

＊ 피드백하는 또 다른 방법 – 교사가 시간 등 상황을 고려하여 진행합니다.

[1. 리액션 왕 뽑기]

모든 발표자는 받은 리액션 중에서 가장 맘에 든 리액션을 선택합니다. 모두 발표를 마친 후 가장 많이 선택받은 사람이 리액션 왕이 됩니다.

모두가 [리액션 왕 OOO 님을 뵙니다!]로 인사하고 박수로 축하합니다.

[2. 문해력 왕 뽑기] – 각자 질문을 하나씩 선택하고 내 질문에 대한 친구들의 의견 중에서 가장 마음에 드는 의견을 하나 선택한다. 가장 많이 선택받은 사람이 경청 왕이 됩니다. * 같은 질문을 선택하였다면 각자 마음에 드는 답을 하나씩 선택합니다.

[3. 친구에게 퀴즈 내기] – 각자 본문에서 퀴즈를 내고 가장 좋은 대답 또는 질문을 선정한다. 퀴즈를 모두 마친 후 동시에 가장 맘에 드는 것을 지목하여 결정한다.

교사 가이드

① 짝은 교사가 정해줍니다. ② 짝과 사진을 선택한 다음 의견을 나눈 후 발표는 각자 합니다. 자기 의견이 앞서 발표한 사람과 같아도 자기표현으로 설명해야 합니다.
* 짝 활동 중일 때 학생이 응용하도록 독백하듯이 교사가 자기 의견을 읽어 줍니다.

* 예시
  * 2번 사진처럼 사람에게 주어진 시간은 한계가 있고 1번처럼 사단의 방해가 있기에 협력해서 전도해야 합니다.

  * 4번 사진처럼 죽으면 무덤에서 모든 것이 끝인 것 같지만 예수님이 다시 오면 모두 다시 일어나게 되고 믿지 않은 자에게는 엄청난 고통이 있는 형벌의 심판이 있으니 반드시 전도 해야 한다.

  * 9번 사랑하는 사람이 예수님을 믿지 않고 육체적 죽음 맞이하면 영원한 고통의 심판을 받기 때문이다.

핵심 내용 정리 하기 자기 언어로 해설과 대사를 기록하고 설명하세요.

한 줄 요약 – 짝과 함께 문장을 완성하고 그 의미를 구체적으로 설명하세요.

교회가 반드시 해야 할 일은

___________________________ 이다.

교사 가이드

핵심 내용 정리하기 ① 짝과 함께 만화의 밑줄과 말풍선을 완성 후 ② 발표합니다.

한 줄 요약 ① 반드시 각자 스스로 정의한 한 후 발표합니다. 학생이 요약하는 동안 응용할 수 있도록 ② 교사가 자기 요약을 자연스럽게 읽어 줍니다.

> ※ **예시** – 교회가 반드시 해야 할은 서로 다른 역할을 하지만 결국 믿지 않은 사람들이 예수님을 믿고 구원받을 수 있도록 힘을 모아 전도하는 일이다.

* 본 교재의 예시는 저자의 요약일 뿐입니다. * 교사도 자기 요약을 만들기를 권합니다.

요약하고 기도하기

✎ 말씀 다시 보기

밑줄이 누구를 말하는지 (어떤 의미인지) 이야기한 후 뜻을 생각하며 천천히 읽으세요.

[고린도전서 1장 2절] [우리말성경]
고린도에 있는 하나님의 교회 곧 그리스도 예수 안에서 거룩하게 돼 <u>**성도로 부르심을**</u> <u>**받은 사람들과**</u>   또한 각처에서 우리 주 예수 그리스도의 이름을 부르는 모든 사람들에게 편지를 씁니다.

[베드로전서 2장 9절] [우리말성경]
여러분은   택하신 족속이요, 왕 같은 제사장들이요, 거룩한 나라요, 그분의 소유된 백성이니 이는 여러분을 어둠에서 불러내어 <u>**그분의 놀라운 빛으로 들**</u> **어가게 하신 분의**   덕을 선포하게 하시기 **위한 것**   입니다.

교사 가이드

가급적 개인이 스스로 정리하면 좋지만, 상황에 따라 교사가 짝을 만들어 주고 함께 의논하여 기록한 후 교사에게 확인받게 합니다.

❋ 예시

[고린도전서 1장 2절]
고린도에 있는 하나님의 교회 곧 그리스도 예수 안에서 거룩하게 돼 <u>성도로 부르심을 받은</u> <u>사람들과</u> [교회] 또한 각처에서 우리 주 예수 그리스도의 이름을 부르는 모든 사람들에게 편지를 씁니다.

[베드로전서 2장 9절]
<u>여러분은</u> [믿는 사람] 택하신 족속이요, 왕 같은 제사장들이요, 거룩한 나라요, 그분의 소유된 백성이니 이는 여러분을 어둠에서 불러내어 <u>그분의 놀라운 빛으로 들어가게 하신 분</u> <u>의</u> [예수 그리스도] 덕을 선포하게 하시기 위한 것 [십자가와 부활을 알리는 것]입니다.

 ## 제6과 요약 하기

2~3명이 짝이 되어 교회의 의미와 교회가 이 땅에 사는 이유가 포함되도록
요약하세요.

교회는 ____

____ 이다.

교회가 이 땅에 머무는 이유는 ___________________________

____ 이다

교사 가이드

① 2~3명이 짝이 되어 서로의 요약을 통해 자기 요약을 보완하거나 다시 하나의 요
약으로 함께 통일합니다. ② 중간에 교사가 자기 요약을 읽어 주면 도움이 됩니다.

＊ 교사의 예시
교회는 건물이 아니며 예수 그리스도의 십자가와 부활을 믿고 따르는 사람들이며,
예수님이 자신의 모처럼 사랑하는 성도들이다.
교회가 이 땅에 머무는 이유는 이 땅에서 예수님을 영접하지 않으면, 심판과 죽음만
있기에 사람들이 하나님 나라에 들어갈 수 있도록 전도하는 것이 사명이기 때문이다.

＊ 본 교재의 예시는 저자의 요약일 뿐입니다. ＊ 교사도 자기 요약을 만들기를 권합니다.

당신의 섬김이
천국에서 해같이 빛날 것입니다

작은 기도 부흥회

 자신을 돌아보고 앞으로 하지 말아야 할 일들을 나누세요.

1) 교회 공동체를 뒤로한 이기적인 나의 모습은?

______

2) 그리스도의 몸, 교회에 대해 무지했던 나의 모습은?

______

3) 그밖에 나누고 싶은 질문 ______

교사 가이드

* 교사가 예시를 말해 주고 비슷한 주변 사람들의 모습 또는 자신의 경험을 이야기합니다. 나온 이야기에서 가장 자신과 비슷한 모습을 나눕니다.

✳ 예시 –

1) 교회 공동체를 뒤로한 이기적인 나의 모습은?
  * 교회에서 예배, 식사 등을 당연하게 생각하고 나도 작은 것이라도 봉사해야 한다고 생각 못 했다.
  * 힘든 일을 할 때면 슬그머니 빠졌다.
  * 작은 일도 시키면 "내가 왜?' 생각하고 싫었다. '

2) 그리스도의 몸, 교회에 대해 무지했던 나의 모습은?
  * 한 번도 교회 사람들이 나에게 가족같이 중요하다는 생각을 안 했다.
  * 교회를 건물로 생각은 안 했지만 내가 교회라는 생각은 미처 못 했다.

 내 힘으로 할 수 없기에 하나님의 도움이 필요한 일을 나누세요.

1) 교회로 부르신 하나님의 놀라운 비밀을 알게 하소서!
2) 하나님과 성도를 사랑하는 건강한 신앙인이 되게 하소서!

3) 그 밖에 기도하고 싶은 것 ______

교사 가이드

① 제시된 내용이 왜 중요한지 교사가 이야기해 주고 ② 그에 대한 각자의 생각을 나눕니다. ③ 제시된 내용처럼 되지 않았을 경우 일어날 일을 생각해 봅니다.

＊ 예시 -
1) 교회로 부르신 하나님의 놀라운 비밀을 알게 하소서!
   교회를 잘 알아야 하나님, 신앙의 소중함을 알게 된다.
2) 하나님과 성도를 사랑하는 건강한 신앙인이 되게 하소서!
   참 신앙은 하나님만 사랑하면 되는 것이 아니라 성도들도 가족처럼 사랑해야 한다.

나의 결단 각오나 다짐이 아닌 확인 가능한 실천을 나누세요.

____

____

교사 가이드

결단은 각오와 다짐보다는 말이나 행동으로 확인할 수 있어야 합니다.

＊ 예시 - 우리 반 친구에게 더 친절하게 말해야겠다,

#. 나눔 후, 스마트폰 등을 사용하여 찬양과 함께
서로 손을 맞잡고 큰 소리로 기도하세요.

교사 가이드

기도할 때는 스마트폰 등을 활용해 찬양을(예; 유튜브) 배경음악으로 크게 틀고, 모두 손을 맞잡고 작은 부흥회라는 마음으로 간절히 소리 내어 기도합니다.

마지막은 반드시 교사의 축복 기도로 마칩니다. 학생 이름을 언급하며 기도합니다. 모두 마친 후에는 하이 파이브나 포옹 등 인사로 마무리합니다. 다만 이성 간의 포옹은 가족이 아닌 경우에는 조심해야 합니다.

예배 공동체

진도 보다 내용을 이해할 수 있도록 충분히 이야기 나누세요.

요한복음 4장 21-23절

[개역 개정]

21 예수께서 이르시되 여자여 내 말을 믿으라
이 산에서도 말고 예루살렘에서도 말고 너희가 아버지께 예배할 때가 이르리라
22 너희는 알지 못하는 것을 예배하고 우리는 아는 것을 예배하노니
이는 구원이 유대인에게서 남이라
23 아버지께 참되게 예배하는 자들은
영과 진리로 예배할 때가 오나니 곧 이 때라
아버지께서는 자기에게 이렇게 예배하는 자들을 찾으시느니라

[현대어 성경]

21 예수께서 여자에게 말씀하셨다. '여자여, 내 말을 믿어라.
여기도 아니고 예루살렘도 아닌 곳에서 아버지께 예배드릴 때가 온다.
예배는 어디서 드리느냐가 중요한 게 아니라 어떻게 드리느냐가 중요하다.
너희 사마리아 사람들은 하나님을 잘 알지 못하고
맹목적으로 예배를 드리지만
우리 유대 사람은 하나님을 알고 예배를 드린다.
이는 구원이 유대 사람들에게서 오기 때문이다.
하나님은 영이시다. 그러니 우리는 반드시 영과 진리로 예배를 드려야 한다.
아버지께서 이런 예배를 우리에게 원하신다.'

교사 가이드

① 명확히 뜻을 모르는 단어는 교사가 글자마다 한자의 뜻을 알려주고 ④ 학생이 의미를 설명한 후 교사가 뜻을 알려줍니다. 처음부터 사전을 보지 않고 자기 생각과 사전을 비교하면 어떻게 잘못 알고 있었는지 알게 됩니다. 스마트폰 사전을 사용할 경우, 두 사람이 하나의 폰을 사용합니다.

⑤ 성격적인 의미를 알아야 할 단어는 교사가 설명해 줍니다.

* 예시 -
 * 영-그리스도를 믿고 하나님의 자녀가 되어 하나님과 소통하는 생명의 본질
 * 진리-하나님을 만날 수 있게 해주신 예수 그리스도이며 예수님과 그의 가르침이 진리이다.

⑧ 의미를 생각하며 성경을 천천히 읽습니다. [현대어 성경]은 말씀의 의미를 이해하는 데 참고하고, 암송은 [개역 개정]으로 합니다.

제7과 - 하브루타 강단 1

거래가 아닌 사랑으로

　　신이 인간과 서로 사랑하고 교제한다는 말은 세상 어느 종교에도 없어요. 신전을 찾는 사람들에게 신의 성품은 관심 밖이고 오직 신의 능력만 중요했어요. 신전 또한 사람들이 얼마나 선하게 사는지 신경 쓰지 않았어요. 바치는 제물이 마음에 들면 그만이었죠.

　　그러나 여호와 하나님은 제물이 아니라 인격적 사랑의 교제를 원하시는 분이에요. 예수님은 우리가 하나님을 만나 관계를 회복할 수 있도록 길을 만들어 주셨어요. 스스로 십자가의 제물이 되어 제사가 필요 없게 만드셨죠.

[히10:19/현대어 성경] 그러므로 사랑하는 형제들이여, 이제 우리는 예수께서 흘려 주신 그 피의 덕분으로 하나님이 계시는 지성소에 들어갈 수 있게 되었습니다.

　　예배는 제물을 바치고 원하는 복을 얻는 종교적 거래가 아니에요. 예배는 오직 하나님 자녀가 된 사람만이 드릴 수 있어요. 성령과 예수 그리스도를 통해 하나님 앞에 나아가 경배하는 거예요. 바로 영과 진리로 드리는 예배지요.

　　교회에 나오지만, 여전히 이방 종교인처럼 예배드리는 사람이 많아요. 왜 교회 가냐고 물으면 복 받고 은혜받으러 간다고 해요. 그러나 예배는 이미 복 받고 은혜받은 사람이 드리는 특권이에요. 찬송에 은혜받는 것이 아니라 나의 고백을 찬송에 담아 드리고, 설교에 은혜받는 것이 아니라 말씀에 합당한 나의 믿음을 '아멘'으로 화답하는 것이에요.

　　예배는 복을 받고 은혜받는 수단이 아니에요. 피조물이 창조주를, 죄인이었던 우리가 의로우신 하나님을 경배할 수 있는 놀라운 은총이죠.

* 참고 - 한자를 살피고 단어의 뜻을 알아보세요.

교제 [交 사귀다 際 사이, 이어지다] - 서로 이어지고(연결) 사귀다.
제물 [祭제사 物만물] - 제사에 드리는 모든 물건
제사 [祭 신과 만나다 事 일] - 신과 만나기 위한 일
예배 [禮 예도, 경의를 표하다 拜 절] - 경의를 표하기 위해 예식을 갖춘 절

교사 가이드

① 명확히 뜻을 모르는 단어는 교사가 단어의 한자 뜻을 알려주고 학생이 의미를 설명합니다. ② 강단 글을 상황에 따라 한 번 또는 두 번으로 나눠 읽고 피드백합니다.

* **피드백 질문의 예시**
　* 기독교의 하나님은 세상의 신과 무엇이 다르다고 하나요?
　* 하나님이 예배에서 우리에게 원하는 것은 무엇인가요?
　* 예배와 제사의 차이는 무엇이라 설명하나요?
　* 교회에 나오지만, 다른 종교인처럼 예배드린 모습은 어떤 모습이 있나요?

* **성경적 개념 설명이 필요한 단어 예시**
　* 교회-예수 그리스도를 믿는 사람들
　* 예배-거듭난 사람이 성령을 통해 하나님께 감사와 영광을 돌리는 의식

종교는 제물과 신의 능력을 바꾸는 거래입니다. 그러나 예배는 하나님과 사랑의 교제입니다.

예수님이 십자가 제물이 되어 제사를 마감했기에 교회는 더 이상 제물도 제사도 필요가 없습니다.

복음을 모르고 예배하는 사람은 여전히 이방 신에게 하듯이 제물과 원하는 것을 바꾸려 합니다.

예배는 아무나 드릴 수 있는 것이 아닙니다. 복음으로 죄가 해결된 하나님의 자녀만 드릴 수 있습니다.

예수님을 통해 이미 구원의 은혜와 복을 누리는 사람이 하나님을 예배할 수 있는 것입니다.

진정한 예배는 성령을 통해 하나님께 감사를 드리고 주의 영광을 위해 찬양하고 경배하는 것입니다.

하브루타 활동

하브루타 강단 돌아 보기 질문 1~2개를 선택하고 의견을 발표하세요.

* 공부하며 생각난 질문이 있나요?
* 이해가 안 되는 내용이 있나요?
* 오늘 처음 알게 된 내용이 있나요?
* 연관되어 떠오른 이야기가 있나요?
* 전에 알고 있었지만, 새롭게 다가온 내용은 무엇인가요?
* 공부한 내용에서 가장 중요한 핵심은 무엇이라 생각하나요?

질문에 관련 있는 부분을 만화에서 찾고 그 내용과 함께 자기 의견을 설명하세요.

리액션 하기 의견을 들은 후에는 자기 생각과 비슷한 리액션 동작을 표현하고, 그 이유를 짧게 설명하세요. [복수 선택 가능]

👍	핵심을 정확히 설명했을 때	🤟	핵심만 간단히 설명하길 바랄 때
OK	내 의견과 비슷하다고 생각할 때	헐~	미처 생각하지 못한 것을 설명했을 때
	설명이 나에게 도움이 되었을 때	대박	설명을 듣다가 이해한 것이 생겼을 때
👆	듣다 보니 질문이 생길 때		발표 태도가 이전보다 개선됐을 때

교사 가이드

① 각자 제시된 질문에서 한두 가지를 선택하고 자기 의견을 이야기합니다. ② 발표할 때는 만화에서 관련 부분을 찾고 더 불어 함께 설명합니다.
③ 발표한 사람에게 모두 돌아가며 리액션합니다. ④ 교사는 왜 그렇게 리액션했는지 질문합니다. ⑤ 필요에 따라 질문과 의견을 더 주고받습니다.
* 피드백하는 또 다른 방법 – 교사가 시간 등 상황을 고려하여 진행합니다.
[1. 리액션 왕 뽑기]
모든 발표자는 받은 리액션 중에서 가장 맘에 든 리액션을 선택합니다. 모두 발표를 마친 후 가장 많이 선택받은 사람이 리액션 왕이 됩니다.
모두가 [리액션 왕 OOO 님을 뵙니다!]로 인사하고 박수로 축하합니다.

[2. 문해력 왕 뽑기] – 각자 질문을 하나씩 선택하고 내 질문에 대한 친구들의 의견 중에서 가장 마음에 드는 의견을 하나 선택한다. 가장 많이 선택받은 사람이 경청 왕이 됩니다. * 같은 질문을 선택하였다면 각자 마음에 드는 답을 하나씩 선택합니다.

[3. 친구에게 퀴즈 내기] – 각자 본문에서 퀴즈를 내고 가장 좋은 대답 또는 질문을 선정한다. 퀴즈를 모두 마친 후 동시에 가장 맘에 드는 것을 지목하여 결정한다.

성경적 개념 정리하기 – 연결하고 이유를 설명하세요. (복수 선택 가능)

예배에서 하나님께 드려야 하는 것은 무엇인가요?

예배는 누가 드릴 수 있나요?

예배에 제물이 필요 없는 이유는?

교사 가이드

① 각자 관련 있다고 생각하는 것에 선을 연결합니다. ② 두 사람이 짝이 되어 발표 연습합니다. ③ 짝 활동 중일 때 학생이 응용하도록 교사가 자기 의견을 읽어 줍니다. ④상황에 따라 짝을 바꿔서 연습합니다. ⑤ 돌아가며 자기 의견을 발표합니다. 순서는 제비뽑기 또는 교사가 정합니다.

* 예시 –

* 누가 예배를 드릴 수 있는가?

 -> 예수님이 십자가 위에 있는 그림과 아버지 품에 안긴 그림

이유: 십자가에서 죽은 그리스도를 믿고 탕자처럼 하나님 품에 안긴 하나님의 자녀가 된 사람이 예배드릴 수 있다.

종교는 ＿＿＿＿＿＿＿＿＿ 바꾸는 거래입니다.
그러나 예배는 ＿＿＿＿＿＿＿＿＿＿＿＿니다.

예수님이 ＿＿＿＿＿＿＿＿＿＿＿＿＿
＿＿＿＿＿＿＿＿＿＿＿＿＿＿＿＿ 필요가 없습니다.

복음을 모르고 예배하는 사람은 ＿＿＿＿＿＿＿
＿＿＿＿＿＿＿＿＿＿＿＿＿＿＿＿＿ 합니다.

참되게 예배하는 자는 ＿＿＿＿＿＿＿＿
＿＿＿＿＿＿＿＿＿＿＿＿＿＿＿＿＿＿다.

🗨 **한 줄 요약** – 짝과 함께 문장을 완성하고 그 의미를 구체적으로 설명하세요.

> 예배가 제사와 다른 이유는
> ＿＿＿＿＿＿＿＿＿＿＿＿＿＿＿＿＿＿＿＿＿＿＿ 이다.

교사 가이드

핵심 내용 정리하기 ① 짝과 함께 만화의 밑줄과 말풍선을 완성 후 ② 발표합니다.

한 줄 요약 ① 반드시 각자 스스로 정의한 한 후 발표합니다. 학생이 요약하는 동안 응용할 수 있도록 ② 교사가 자기 요약을 자연스럽게 읽어 줍니다.

✽ **예시** －예배가 제사와 다른 이유는 제물로 신의 능력을 구하는 제사와 달리 예배는 먼저 우리를 구원하신 하나님에게 찬양과 영광을 드리는 것이다.

* 본 교재의 예시는 저자의 요약일 뿐입니다. * 교사도 자기 요약을 만들기를 권합니다.

제7과 - 하브루타 강단 2

누구를 위함인가?

하나님을 알지만, 자기 멋대로 사는 사람이 많아요. 바울은 이런 사람들은 죽은 자라고 했어요. 그런 사람은 교회에 나오지만 부자가 되고 편하게 살고 싶을 뿐, 하나님에게는 관심이 없어요. 그들은 헌금하고 봉사하면 복을 받을 수 있다고 생각해요. 하나님을 마치 자판기처럼 생각하는 것이지요.

은혜받아야 한다고 생각하니 찬양은 자기 취향이어야 하고, 설교에서 듣고 싶은 소리가 이미 정해져 있지요. 자기 편리대로 출석하고 꼭 교회에서 예배드려야 하냐고 변명하기도 해요. 모든 것이 자기중심적인 사람들이죠. 예배는 개인적 경건이 아닌 공동체 경건이에요. 예배 참석부터가 순종의 증거인 저죠.

예배는 사람이 복 받고, 은혜받는 자리가 아니에요. 오히려 하나님을 기쁘게 하는 자리이지요. 삶에 필요한 것을 위해 하나님께 기도하는 것은 당연하지만 그것이 예배의 중심이 되어서는 안 돼요. 예배는 365일 우리를 위하시는 하나님을 위해 우리가 하나님을 위해 감사와 영광을 올려 드리는 거예요.

결혼식에서는 신랑 신부를 위해 옷을 입듯이, 옷 입는 것 하나까지도 하나님을 위하는 태도를 가져야 해요. 성경에서 하루는 밤이 되면 시작되고 다음 날 태양이 떴다 지면 하루가 끝나는 것이라 해요. 우리도 토요일 밤부터 주일로 여기고 예배를 준비한다면 하나님이 얼마나 기뻐하실까요?

예배는 신앙에서 정말 중요해요. 예배가 잘못되면 신앙도 무너지지만, 예배가 회복되면 모든 것이 회복된답니다. 하나님께서는 참으로 예배하는 자를 찾으신답니다.

* 참고 - 한자를 살피고 단어의 뜻을 알아보세요.

은혜 [恩 사랑하다 예쁘게 여기다. 惠 베풀다 사랑하다] - 베풀어 사랑하다

영광 [榮 꽃, 꽃이 피다 光 빛, 빛나다] - 꽃처럼 빛나다

경건 [敬 공경하다, .虔 몸 가짐을 조심하다] - 공경하여 몸가짐을 조심하다

교사 가이드

① 먼저 명확히 뜻을 모르는 단어를 확인하고 ② 교사가 단어의 한자 뜻을 알려주면 학생이 설명합니다. ③ 강단 글은 상황에 따라 한 번 또는 두 번으로 나눠 읽고 피드백합니다.

＊ 피드백 질문의 예시

* 내용에서 가장 중요한 내용은 무엇이라고 생각하나요?
* 교회 안에 바울이 말하는 죽은 자는 어떤 자들인가요?
* 자기중심적으로 예배드리는 모습은 무엇이라 설명하나요?
* 예배에서 우리가 반드시 해야 하는 것은 무엇인가요?

＊ 성경적 개념 설명이 필요한 단어 예시

* 구원-하나님이 그리스도를 통해 죄의 대가를 치르고 심판에서 건져 하나님과의 관계를 회복한 은혜
* 복음-하나님께서 베푸신 십자가의 대속, 부활 등 구원에 대한 소식
* 교회-예수의 복음을 믿고 구원받은 사람들의 공동체

그들은 하나님을 알면서도 하나님을 영화롭게 하지도 않고 감사하지도 않았습니다. 오히려 그들의 생각이 허망해졌고 그들의 어리석은 마음은 어두워졌습니다
[로마서 1장 2절]
ㅋㅋㅋ~~
30배, 60배, 100배 면?
오잉?
복

예배는 사람이 은혜받는 자리가 아닙니다, 오히려 우리가 하나님을 기쁘게 하는 시간입니다.
함께 할 수 있어 감사합니다.

또 예배는 개인적으로 드리는 경건이 아니고 교회가 함께 드리는 공동체 경건입니다.
예배 시간이 다가오네요. 옷 입는 것 하나까지 오직 하나님을 위해 준비할게요!

현대 교회에는 잘못된 자세로 예배에 참여하는 사람이 너무 많아요. ㅠㅠ

복 받고, 은혜받기 위해 참여하는 사람
ㅋㅋㅋ

콘서트 관객처럼 찬양하는 성도들,

듣고 싶은 소리만 아멘 하는 사람들
백배, 천배의 복을 주실 것입니다.

예배는 자기 마음대로 자기 편리대로 드려서는 안 됩니다. 하나님의 영광을 위해 감사와 찬송으로 하나님께 드리는 순종의 시간입니다. 그러기에 옷 입는 것 하나까지도 모두 하나님을 위한 것이어야 합니다.
하나님께 내 고백을 담아 찬양을 드리고 말씀에 합당한 믿음을 담은 나의 '아멘'을 드려야 해요!

하브루타 활동

 **하브루타 강단 돌아 보기** 질문 1~2개를 선택하고 의견을 발표하세요.

> * 공부하며 생각난 질문이 있나요?　　* 이해가 안 되는 내용이 있나요?
> * 오늘 처음 알게 된 내용이 있나요?　　* 연관되어 떠오른 이야기가 있나요?
> 　　* 전에 알고 있었지만, 새롭게 다가온 내용은 무엇인가요?
> 　　* 공부한 내용에서 가장 중요한 핵심은 무엇이라 생각하나요?

질문에 관련 있는 부분을 만화에서 찾고 그 내용과 함께 자기 의견을 설명하세요.

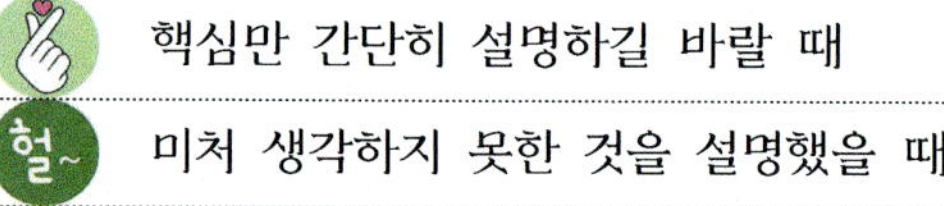 **리액션 하기** 의견을 들은 후에는 자기 생각과 비슷한 리액션 동작을 표현하고, 그 이유를 짧게 설명하세요. [복수 선택 가능]

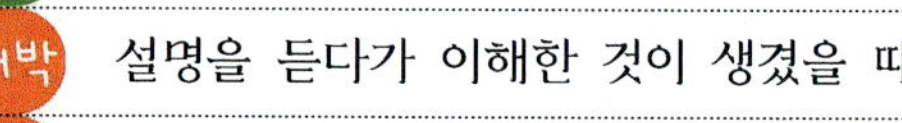

핵심을 정확히 설명했을 때		핵심만 간단히 설명하길 바랄 때	
내 의견과 비슷하다고 생각할 때		미처 생각하지 못한 것을 설명했을 때	
설명이 나에게 도움이 되었을 때		설명을 듣다가 이해한 것이 생겼을 때	
듣다 보니 질문이 생길 때		발표 태도가 이전보다 개선됐을 때	

교사 가이드

① 각자 제시된 질문에서 한두 가지를 선택하고 자기 의견을 이야기합니다. ② 발표할 때는 만화에서 관련 부분을 찾고 더 붙어 함께 설명합니다.
③ 발표한 사람에게 모두 돌아가며 리액션합니다. ④ 교사는 왜 그렇게 리액션했는지 질문합니다. ⑤ 필요에 따라 질문과 의견을 더 주고받습니다.
＊ **피드백하는 또 다른 방법** – 교사가 시간 등 상황을 고려하여 진행합니다.
[1. 리액션 왕 뽑기]
모든 발표자는 받은 리액션 중에서 가장 맘에 든 리액션을 선택합니다. 모두 발표를 마친 후 가장 많이 선택받은 사람이 리액션 왕이 됩니다.
모두가 [리액션 왕 OOO 님을 뵙니다!]로 인사하고 박수로 축하합니다.
[2. 문해력 왕 뽑기] – 각자 질문을 하나씩 선택하고 내 질문에 대한 친구들의 의견 중에서 가장 마음에 드는 의견을 하나 선택한다. 가장 많이 선택받은 사람이 경청 왕이 됩니다. ＊ 같은 질문을 선택하였다면 각자 마음에 드는 답을 하나씩 선택합니다.
[3. 친구에게 퀴즈 내기] – 각자 본문에서 퀴즈를 내고 가장 좋은 대답 또는 질문을 선정한다. 퀴즈를 모두 마친 후 동시에 가장 맘에 드는 것을 지목하여 결정한다.

성경적 개념 설명하기

각자 번호를 선택하고 해당 카드에 대한 자기 의견을 나누세요. 먼저 두 사람 이상의 의견을 들은 후 교재를 바탕으로 정리하여 발표하세요.

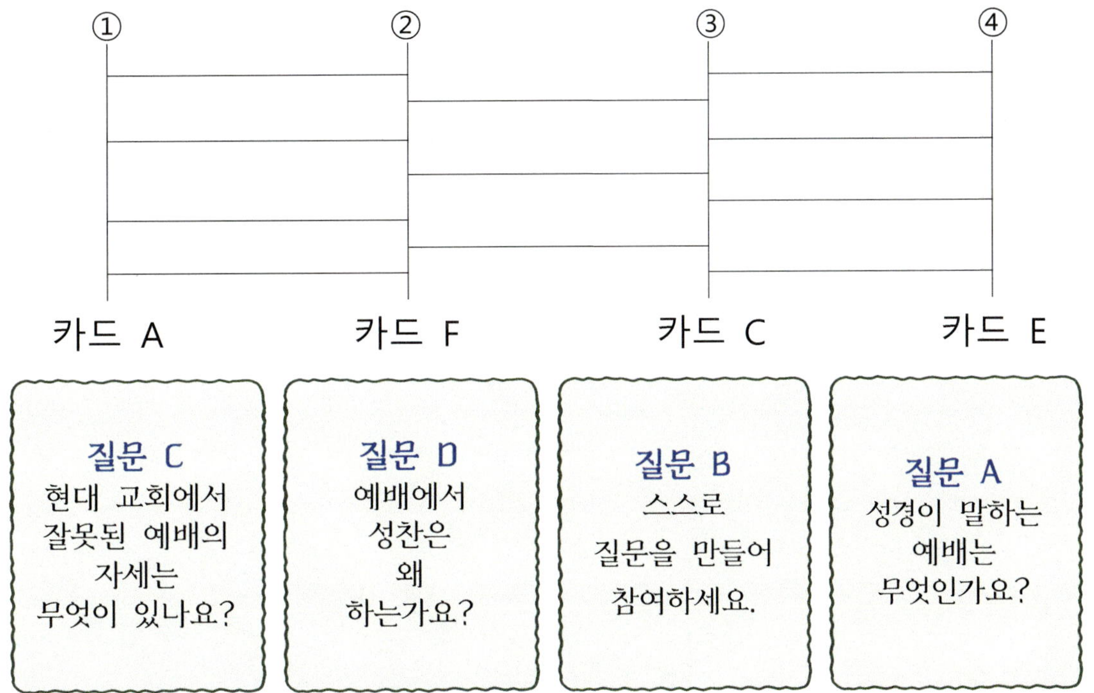

교사 가이드

① 사다리 타기를 통해 질문을 선택하고, ② 자기 질문에 대해 두 사람을 지명하여 의견을 들은 다음 자기 의견을 답합니다. 발표 순서는 교사가 정합니다.

*상황에 따라 [문해력 왕 뽑기 또는 리액션 왕 뽑기-97p 참조]로 진행해도 좋습니다. 교사가 판단하여 결정합니다.

✱ 예시 -
* 질문 C-하나님이 주인공이 아니라 사람이 주인공이 되어 하나님께 찬양과 순종의 '아멘'을 드리기보다 찬양과 설교에서 은혜받아야 한다고 생각하는 태도
* 질문 D- 주의 십자가 죽으심의 의미를 다시 생각하고 하나님께 감사하며 복음을 위해 경건한 삶을 살기 위해 필요하다.
* 질문 A- 교회 공동체에서 합의한 예배로 거듭난 자가 예수 그리스도의 십자가 공로를 의지하여 성령 안에서 하나님께 찬양과 경배를 드리는 것

요약하고 기도하기

한 줄 요약 – 짝과 함께 문장을 완성하고 그 의미를 구체적으로 설명하세요.

성경이 말하는 예배는

이다.

교사 가이드

핵심 내용 정리하기 ① 짝과 함께 만화의 밑줄과 말풍선을 완성 후 ② 발표합니다.

한 줄 요약 ① 반드시 각자 스스로 정의한 한 후 발표합니다. 학생이 요약하는 동안 응용할 수 있도록 ② 교사가 자기 요약을 자연스럽게 읽어 줍니다.

예시] 성경이 말하는 예배는 하나님의 자녀가 된 사람이 성령을 통해 하나님께 나아가 찬송과 영광을 드리는 것이다.

* 본 교재의 예시는 저자의 요약일 뿐입니다. * 교사도 자기 요약을 만들기를 권합니다.

📝 말씀 다시 보기

밑줄이 누구를 말하는지 (어떤 의미인지) 이야기한 후 뜻을 생각하며 천천히 읽으세요.

[요한복음 4장 23-24절] [우리말성경]

이제 참되게 예배하는 사람들이 영과 진리로   아버지께 예배드릴 때가 오는데 지금이 바로 그때다. 아버지께서는 이렇게 예배드리는 사람들을 찾고 계신다. 하나님은 영이시니 하나님께 예배드리는 사람은 영과 진리로 예배드려야 한다."

[로마서 1장 2절] [우리말성경]

그들은 하나님을 알면서도   하나님을 영화롭게 하지도 않고 감사하지도 않았습니다. 오히려 그들의 생각이 허망해졌고   그들의 어리석은 마음은 어두워졌습니다.

가급적 개인이 스스로 정리하면 좋지만, 상황에 따라 교사가 짝을 만들어 주고 함께 의논하여 기록한 후 교사에게 확인받게 합니다.

❊ 예시 – [요한복음 4장 23-24절] [우리말성경]
이제 참되게 예배하는 사람들이 영과 진리로 [성령과 그리스도의 공로 /십자가와 부활은 구원에 관한 진리임] 아버지께 예배드릴 때가 오는데 지금이 바로 그때다. 아버지께서는 이렇게 예배드리는 사람들을 찾고 계신다. 하나님은 영이시니 하나님께 예배드리는 사람은 영과 진리로 예배드려야 한다."

[로마서 1장 2절] [우리말성경]
그들은 하나님을 알면서도 [하나님의 존재와 살아계심] 하나님을 영화롭게 하지도 않고 감사하지도 않았습니다. 오히려 그들의 생각이 허망해졌고[거짓되고 허망한 것을 빌고] 그들의 [하나님을 알지만 감사하지 않은자] 어리석은 마음은 어두워졌습니다.

📝 제7과 요약 하기

2~3명이 짝이 되어 예배가 이방 종교와 다른 점과 예배의 바른 의미가 포함
되도록 요약하세요.

예배가 제사와 다른 점은 _______________________

_______________________________이다.

올바른 예배는 _______________________________

_______________________________이다.

교사 가이드

① 각자 스스로 요약 문장을 완성합니다. ② 1~2분 정도 후 교사가 자연스럽게 자
기 요약을 읽어 주면 도움이 됩니다. ③ 어느 정도 완성 후에는 짝과 함께 다시 하
나의 요약으로 통일합니다.

❋ 예시 –

* 예배가 제사와 다른 점은 제물로 신의 능력을 사는 거래가 아니며 하나
님과 사랑의 교제이다. 올바른 예배는 은혜받고 복 받기 위한 자리가 아니
라 이미 구원하시고 복 주신 하나님께 감사와 영광을 돌리는 것이다.

* 본 교재의 예시는 저자의 요약일 뿐입니다. * 교사도 자기 요약을 만들기를 권합니다.

성령이 함께하십니다! ♥

작은 기도 부흥회

회개 자신을 돌아보고 앞으로 하지 말아야 할 일들을 나누세요.

1) 원하는 것을 얻으려고 예배한 나의 모습은?

____

2) 예배의 참뜻을 모르고 내 편리대로 예배에 참여하는 나의 모습은?

____

3) 그밖에 나누고 싶은 질문 ___________________________

교사 가이드

* 교사가 예시를 먼저 말해 주고 비슷한 주변 사람들의 모습 또는 자신의 경험을 이야기합니다. 나온 이야기에서 가장 자신과 비슷한 모습을 나눕니다.

※ 예시 –

1) 원하는 것을 얻으려고 예배한 나의 모습은?
 * 학교 시험 때만 기도하는 모습
 * 내가 원하는 것만 기도했지, 하나님 마음은 생각 안 한 모습
 * 하나님이 원하는 것은 조금도 생각도 안 하면서 내가 원 한 것이 안 이뤄지면 하나님을 원망하는 모습

2) 예배의 참뜻을 모르고 내 편리대로 예배에 참여하는 나의 모습은?
 * 내가 원하는 시간(오후)에 예배드렸으면 하는 모습
 * 중요한 일도 아닌데 핑계 대고 예배와 모임에 빠지는 모습
 * 교회 결정에 순종하기보다 내 기준으로 찬양과 설교를 판단하는 모습
 * 생활만 믿음으로 잘하면 돼지 꼭 예배에 나가야 하나 불평하던 모습

간구 내 힘으로 할 수 없기에 하나님의 도움이 필요한 일을 나누세요.

1) 나의 고백을 담은 찬양과 '아멘'을 드리는 예배자가 되게 하소서!

2) 일상의 삶도 예배처럼 하나님 앞에 살게 하소서!

3) 그 밖에 기도하고 싶은 것 ___________________________

교사 가이드

① 제시된 내용이 왜 중요한지 교사가 이야기해 주고 ② 그에 대한 각자의 생각을 나눕니다. ③ 제시된 내용처럼 되지 않았을 경우 일어날 일을 생각해 봅니다.

※ 예시 -

1) 나의 고백을 담은 찬양과 '아멘'을 드리는 예배자가 되게 하소서!

 * 하나님은 음악가나 찬양 콘서트가 아니라 나의 고백을 기뻐하신다.

2) 일상의 삶도 예배처럼 하나님 앞에 살게 하소서!

 * 하나님은 예배할 때만 계시는 것이 아니라 항상 우리와 함께하시기에 하나님을 생각하며 행동해야 한다.

나의 결단 각오나 다짐이 아닌 확인 가능한 실천을 나누세요.

교사 가이드

 * 결단은 각오와 다짐보다는 말이나 행동으로 확인할 수 있는 것으로 정합니다.

※ 예시 - 예배에 늦지 않도록 토요일부터 일찍 잠자리에 들겠다.

\#. 나눔 후, 스마트폰 등을 사용하여 찬양과 함께
서로 손을 맞잡고 큰 소리로 기도하세요.

교사 가이드

🌀 기도할 때는 스마트폰 등을 활용해 찬양을(예; 유튜브) 배경음악으로 크게 틀고, 모두 손을 맞잡고 작은 부흥회라는 마음으로 간절히 소리 내어 기도합니다.

🌀 마지막은 반드시 교사의 축복 기도로 마칩니다. 학생 이름을 언급하며 기도합니다. 모두 마친 후에는 하이 파이브나 포옹 등 인사로 마무리합니다. 다만 이성 간의 포옹은 가족이 아닌 경우에는 조심해야 합니다.

교제 공동체

진도 보다 내용을 이해할 수 있도록 충분히 이야기 나누세요.

요한일서 1장 3절

[개역 개정]
3 우리가 보고 들은 바를 너희에게도 전함은
너희로 우리와 사귐이 있게 하려 함이니
우리의 사귐은 아버지와 그의 아들 예수 그리스도와 더불어 누림이라

[현대어 성경]
3 거듭 말합니다만 우리가 실제로 보고 들은 것을
이렇게 전하고자 하는 것은 여러분도 우리와 같이
아버지 하나님과 또 그분의 아들 예수 그리스도와 사귐을 가져서
기쁨이 충만한 사람이 되게 하려는 것입니다.

교사 가이드

① 명확히 뜻을 모르는 단어는 교사가 글자마다 한자의 뜻을 알려주고 ④ 학생이
의미를 설명하게 한 후 정확한 뜻을 알려줍니다.

⑤ 성격적인 의미를 알아야 할 단어는 교사가 설명해 줍니다.
＊ 예시 -
 * 사귐-단순한 친교가 아니라 한 몸처럼 하나 되어 하나님과 함께하는 운명 공동
   체 같은 동행을 말한다.
⑧ 의미를 생각하며 성경을 천천히 읽습니다. [현대어 성경]은 말씀의 의미를 이해
하는 데 참고하고, 암송은 [개역 개정]으로 합니다.

제8과 - 하브루타 강단 1

교회의 교제가 없다면 죽은 것입니다.

　　예배는 드리지만, 성도들과 어울리는 것을 어려워하는 사람이 많아지고 있어요. 그들은 교제의 성경적 의미를 모르고 친교 정도로 가볍게 생각해요. 코로나 이후 온라인으로만 예배드리는 사람도 많아졌어요. 그러나 성도의 교제는 사도신경에도 기록될 만큼 아주 중요한 신앙의 본질이에요.

　　물고기는 물속에서 먹고, 자고 알을 낳고 살아요. 그것이 물고기의 본성이기 때문이죠. 교제는 삼위일체 하나님의 본성이에요. 하나님은 절대로 혼자 일하지 않으시죠. 그 소리는 하나님의 자녀 된 우리 또한 교제 없이는 살 수 없다는 뜻이에요. 하나님과 교제는 물론이고 성도와도 교제해야 해요. 하나님은 주의 몸 된 교회의 교제 속에서 우리의 믿음을 강하게 만들어요.

　　줄기에서 잘린 꽃이 열매 맺지 못하듯이 교제 없는 성도는 믿음으로 승리할 수 없어요. 믿음은 하나님께만 잘한다고 성장하지 않아요. 성도와도 서로 교제 해야 해요. 하나님 나라가 서로 사랑하는 나라이기에 성도들과 사랑하고 교제하는 것이 중요해요.

　　옛날에는 사람 취급받지 못하는 노예가 있었어요. 초대 교회는 노예가 예수님을 믿으면 하나님의 귀한 자녀로 사랑하고 존중했어요. 예수님처럼 수건을 두르고 그들의 발을 닦아주고 함께 식탁에 앉아 교제했어요. 초대 교회 안에는 신분이나 성별, 나이로 인한 차별은 없었어요. 모두가 그리스도 안에서 한 가족처럼 형제, 자매가 되어 사랑하고 섬겼어요. 그런 모습 때문에 많은 사람들이 예수님을 믿었고 날마다 부흥했어요.

* 참고 - 한자를 살피고 단어의 뜻을 알아보세요.
　교제 [交 사귀다, 오고 가다 際 사이, 만나다] - 서로 만나고 사귀다
　본성 [本 기초, 뿌리 性 성품, 성질] - 성품 또는 성질의 뿌리
　성장 [成 이루다, 長 길다] - 길게 이루어지다.

교사 가이드

① 먼저 명확히 뜻을 모르는 단어를 확인하고 ② 교사가 단어의 한자 뜻을 알려주면 학생이 설명합니다. ③ 강단 글은 상황에 따라 한 번 또는 두 번으로 나눠 읽고 피드백합니다.

* 피드백 질문의 예시
　* 읽은 내용에서 가장 중요한 단어는 뭐라 생각하나요?
　* 교제가 신앙의 본질이라는 이유를 어떻게 설명하나요?
　* 교제 없는 성도의 결과는 어떻게 된다고 하나요?
　* 초대 교회의 교제에 대해 어떻게 설명하나요?

* 성경적 개념이 필요한 단어 예시
　* 구원-예수의 십자가 죽음의 의미와 부활을 믿는 사람을 멸망에서 건져 올려주신 은혜

우리가 보고 들은 것을 여러분에게도 전파합니다. 이는 여러분과 우리가 서로 사귐이 있게 하려는 것입니다. 우리의 사귐은 아버지와 그의 아들 예수 그리스도와 함께하는 사귐입니다. [요한일서 1장 3절]

친구들과 게임 약속이 있어서 이만!
복음 하브루타 시간에 어디 가요?

싫어요, 그냥 혼자 유튜브 보면 돼요!
똑!
헐! 부담스럽다고 교제하지 않겠다니? 그러면 믿음이 자라지 않아!

초대 교회는 자연스럽게 모이고 교제하기를 좋아했습니다.
하브루타로 말씀을 배우니 더 이해가 잘 되는데요!
함께 기도 하는 사람이 있으니 힘이 나고, 믿음이 커지는군!

신앙은 하나님과 서로 사랑할 뿐만 아니라, 교회 형제자매와도 서로 사랑하며 교제해야 성장합니다.
하나님 사랑
이웃 사랑
사랑은~ 아무나 하나~ ♪♪

성도의 교제는 사도신경에 포함된 기독교 신앙의 본질입니다.
나 같은 노예에게 ㅠㅠ
형제님, 어서 오세요! 이리로 와서 앉아요.
정말 그래도 되나요?

교제가 없는 성도는 사단의 공격 대상이 됩니다.
내가 왜 자주 넘어졌는지 이제 알겠어요! ㅠㅠ
잘 돌아왔어

하브루타 활동

하브루타 강단 돌아 보기 질문 1~2개를 선택하고 의견을 발표하세요.

* 공부하며 생각난 질문이 있나요?　　* 이해가 안 되는 내용이 있나요?
* 오늘 처음 알게 된 내용이 있나요?　　* 연관되어 떠오른 이야기가 있나요?
* 전에 알고 있었지만, 새롭게 다가온 내용은 무엇인가요?
* 공부한 내용에서 가장 중요한 핵심은 무엇이라 생각하나요?

질문에 관련 있는 부분을 만화에서 찾고 그 내용과 함께 자기 의견을 설명하세요.

리액션 하기 의견을 들은 후에는 자기 생각과 비슷한 리액션 동작을 표현하고, 그 이유를 짧게 설명하세요. [복수 선택 가능]

👍	핵심을 정확히 설명했을 때	🤏	핵심만 간단히 설명하길 바랄 때
OK	내 의견과 비슷하다고 생각할 때	헐~	미처 생각하지 못한 것을 설명했을 때
	설명이 나에게 도움이 되었을 때	대박	설명을 듣다가 이해한 것이 생겼을 때
	듣다 보니 질문이 생길 때		발표 태도가 이전보다 개선됐을 때

교사 가이드

① 각자 제시된 질문에서 한두 가지를 선택하고 자기 의견을 이야기합니다. ② 발표할 때는 만화에서 관련 부분을 찾고 더 붙어 함께 설명합니다.
③ 발표한 사람에게 모두 돌아가며 리액션합니다. ④ 교사는 왜 그렇게 리액션했는지 질문합니다. ⑤ 필요에 따라 질문과 의견을 더 주고받습니다.

＊ 피드백하는 또 다른 방법 – 교사가 시간 등 상황을 고려하여 진행합니다.

[1. 리액션 왕 뽑기]

모든 발표자는 받은 리액션 중에서 가장 맘에 든 리액션을 선택합니다. 모두 발표를 마친 후 가장 많이 선택받은 사람이 리액션 왕이 됩니다.
모두가 [리액션 왕 OOO 님을 뵙니다!]로 인사하고 박수로 축하합니다.

[2. 문해력 왕 뽑기] – 각자 질문을 하나씩 선택하고 내 질문에 대한 친구들의 의견 중에서 가장 마음에 드는 의견을 하나 선택한다. 가장 많이 선택받은 사람이 경청 왕이 됩니다. ＊ 같은 질문을 선택하였다면 각자 마음에 드는 답을 하나씩 선택합니다.

[3. 친구에게 퀴즈 내기] – 각자 본문에서 퀴즈를 내고 가장 좋은 대답 또는 질문을 선정한다. 퀴즈를 모두 마친 후 동시에 가장 맘에 드는 것을 지목하여 결정한다.

성경적 개념 설명하기

2-3명이 짝이 되어 성도의 교제를 소극적으로 만드는 이유를 보여 주는 사진과 단어를 선택하고 설명하세요.

부담스럽다 　 부끄럽다 　 ? 　 개인주의 　 판단하다

불편하다 　 시샘난다 　 위축된다 　 편애 　 귀찮다

교사 가이드

① 짝은 교사가 정해줍니다. ② 짝과 사진과 단어를 선택하고 의견을 나눈 후 발표는 각자 합니다. 자기 의견이 앞서 발표한 사람과 같아도 반드시 자기표현으로 설명해야 합니다. ③ 시간이 허락한다면 짝을 바꿔서 다시 서로 설명하면 더 많은 것이 생각나고 정리됩니다.

* 짝 활동 중일 때 학생이 응용하도록 독백하듯이 교사가 자기 의견을 읽어 줍니다.

＊ 예시 -
* 2번 사진-세상의 화려한 유흥에 마음을 빼앗겨서 성도와 대화를 따분하게 생각한다.
* 6번 사진-사람들과 함께 있으면 어색하고 나만 보는 것 같아 불편하다.
* 3번 세상 흥겨운 유혹을 물리치지 못해 교회 교제를 소홀하게 된다.

 자기 언어로 해설과 대사를 기록하고 설명하세요..

한 줄 요약 – 짝과 함께 문장을 완성하고 그 의미를 구체적으로 설명하세요.

성도의 교제가 신앙의 본질인 이유는

_______________________ 이다.

교사 가이드

핵심 내용 정리하기 ① 짝과 함께 밑줄과 말풍선을 완성 후 ② 발표합니다. 학생이 방식으로 설명해야 어떻게 이해했는지 피드백 받을 수 있습니다.

한 줄 요약 ① 반드시 각자 스스로 정의한 한 후 발표합니다. 학생이 요약하는 동안 응용할 수 있도록 ② 교사가 자기 요약을 자연스럽게 읽어 줍니다.

> ＊ 예시 –성도의 교제가 신앙의 본질인 이유는 **성도는 삼위일체 하나님으로 인해 거듭난 사람이기에 하나님처럼 반드시 교제해야 사는 사람**이다.

＊ 본 교재의 예시는 저자의 요약일 뿐입니다. ＊ 교사도 자기 요약을 만들기를 권합니다.

제8과 - 하브루타 강단 2

사랑도 훈련해야 한다

　　성도의 교제를 잘 설명해 주는 단어는 전도서의 "세겹줄"이에요. "만남의 복"이라고 하면 보통 유명하고 지위가 높은 사람을 알게 되는 것을 생각해요. 그러나 그 사람도 나를 복된 만남이라고 생각할까요? 복된 인맥을 원한다면 나도 세겹줄의 한 사람이 되어야 해요.

　　그렇게 되려면 먼저 관심받고 사랑받고 싶은 어린아이 같은 마음부터 버려야 해요. 나를 사랑해 줄 사람을 찾으라는 말은 성경 어디에도 없어요. 어떻게 그렇게 살 수 있지? 나는 어디서 사랑받고 위로받냐고 할지 모르지만, 사랑의 특성을 알면 그 질문이 잘못됐다는 것을 알 수 있어요. 사랑은 베풀수록 풍성해지지만 받기만 하면 오히려 가난해져요. 또 교회의 교제에서 하나님이 함께 하기에 교제할수록 하나님의 충만하심이 나에게 흘러오지요.

　　머리로는 알겠는데, 여전히 어딘가 마음이 불편하다면 아직 미숙한 사람이란 거예요. 한쪽만 사랑하고 섬긴다면 그 관계는 결국 지옥처럼 되어요. 사단은 사랑할 줄 모르는 사람을 공격해요. 사랑은 감정이 아니라 오래 참고 자랑하지 않고 무례하지 않은 등 인격적 의지와 행동이기에 그리스도의 인격이 있어야 가능해요. 기도하며 순종하며 훈련할 때 가능하답니다.

　　차별 없이 사랑하는 강력한 교제가 없었다면 초대 교회는 세상을 변화시키지 못했을 것이에요. 모두 성령을 의지하고 순종했기에 가능한 일이었어요. 우리도 이제 예수님의 인격을 닮도록 사랑을 훈련하고 실천해야 해요. 어린아이도 초신자도 누구도 예외가 될 수 없어요.

* 참고 - 한자를 살피고 단어의 뜻을 알아보세요.
　특성 [特 특별하다, 性 성질, 성품] - 특별한 성품이나 성질
　무례 [無 없다 禮 예절, 예도, 예의] - 예의가 없다.
　순종 [順 순하다, 유순하다 從 따르다 - 순순히 따르다.

교사 가이드

① 먼저 명확히 뜻을 모르는 단어를 확인하고 ② 교사가 단어의 한자 뜻을 알려주면 학생이 설명합니다. ③ 강단 글은 상황에 따라 한 번 또는 두 번으로 나눠 읽고 피드백합니다.

* 피드백 질문의 예시
　* 중요한 단어는 무엇이라 생각하나요?
　* 진정한 만남의 복은 무엇이라 설명하나요?
　* 만남의 복을 위해 버려야 할 것은 무엇이라고 하나요?
　* 사랑의 특징은 무엇이 있다고 설명하나요?
　* 사단이 공격하는 사람은 어떤 사람이라고 설명하나요?
　* 성경이 말하는 사랑은 무엇인가요?

* 예시 - 성경적 개념을 알아야 할 단어 예시]
　* 사랑-좋아하는 감정이 아니라 하나님처럼 다른 사람을 위해 자신을 내어주고 오래 참고 온유하고 예의를 갖추는 등 그리스도의 성숙한 인격이다.

하나님의 본성은 삼위일체로 교제하는 분입니다.

하나님은 성도가 서로 교제할 때

하나님과 연결된 세 겹줄의 교제는 강력한 능력입니다. (전4:12) 그런 복은 저절로 생기지 않습니다. ' 나도 세 겹줄의 한 사람이 되어야 합니다.

그러려면 관심받고 사랑받고 싶은 마음부터 먼저 버려야 합니다.

성경 어디에도 사랑해 줄 사람을 찾으라는 말은 없습니다.

사랑은 받기만 하면 오히려 가난해지지만, 베풀수록 풍성해집니다.

사랑은 오래 참고 친절하며 사랑은 시기하지 않으며 자랑하지 않으며 교만하지 않으며 무례하지 않으며 자기 유익을 구하지 않으며 성내지 않으며 원한을 품지 않으며 불의를 기뻐하지 않으며 진리와 함께 기뻐하고 모든 것을 덮어 주고 모든 것을 믿으며 모든 것을 바라고 모든 것을 견딥니다   [고전 3장 4~7절]

초대 교회는 노예, 여자, 어린이 등 누구도 함부로 하지 않고 오히려 서로 존중하고 사랑했습니다.

교회는 예수님을 닮도록 사랑을 훈련하고 실천하는 공동체입니다.

하브루타 활동

하브루타 강단 돌아 보기 질문 1~2개를 선택하고 의견을 발표하세요.

* 공부하며 생각난 질문이 있나요?   * 이해가 안 되는 내용이 있나요?
* 오늘 처음 알게 된 내용이 있나요?   * 연관되어 떠오른 이야기가 있나요?
          * 전에 알고 있었지만, 새롭게 다가온 내용은 무엇인가요?
          * 공부한 내용에서 가장 중요한 핵심은 무엇이라 생각하나요?

질문에 관련 있는 부분을 만화에서 찾고 그 내용과 함께 자기 의견을 설명하세요.

리액션 하기 의견을 들은 후에는 자기 생각과 비슷한 리액션 동작을 표현하고, 그 이유를 짧게 설명하세요. [복수 선택 가능]

	핵심을 정확히 설명했을 때		핵심만 간단히 설명하길 바랄 때
	내 의견과 비슷하다고 생각할 때	헐~	미처 생각하지 못한 것을 설명했을 때
	설명이 나에게 도움이 되었을 때	대박	설명을 듣다가 이해한 것이 생겼을 때
	듣다 보니 질문이 생길 때		발표 태도가 이전보다 개선됐을 때

교사 가이드

① 각자 제시된 질문에서 한두 가지를 선택하고 자기 의견을 이야기합니다. ② 발표할 때는 만화에서 관련 부분을 찾고 더 불어 함께 설명합니다.
③ 발표한 사람에게 모두 돌아가며 리액션합니다. ④ 교사는 왜 그렇게 리액션했는지 질문합니다. ⑤ 필요에 따라 질문과 의견을 더 주고받습니다.
＊ 피드백하는 또 다른 방법 – 교사가 시간 등 상황을 고려하여 진행합니다.
[1. 리액션 왕 뽑기]
모든 발표자는 받은 리액션 중에서 가장 맘에 든 리액션을 선택합니다. 모두 발표를 마친 후 가장 많이 선택받은 사람이 리액션 왕이 됩니다.
모두가 [리액션 왕 OOO 님을 뵙니다!]로 인사하고 박수로 축하합니다.
[2. 문해력 왕 뽑기] – 각자 질문을 하나씩 선택하고 내 질문에 대한 친구들의 의견 중에서 가장 마음에 드는 의견을 하나 선택한다. 가장 많이 선택받은 사람이 경청 왕이 됩니다. * 같은 질문을 선택하였다면 각자 마음에 드는 답을 하나씩 선택합니다.
[3. 친구에게 퀴즈 내기] – 각자 본문에서 퀴즈를 내고 가장 좋은 대답 또는 질문을 선정한다. 퀴즈를 모두 마친 후 동시에 가장 맘에 드는 것을 지목하여 결정한다.

각자 번호를 선택하고 해당 카드에 대한 자기 의견을 나누세요. 먼저 두 사람 이상의 의견을 들은 후 교재를 바탕으로 정리하여 발표하세요.

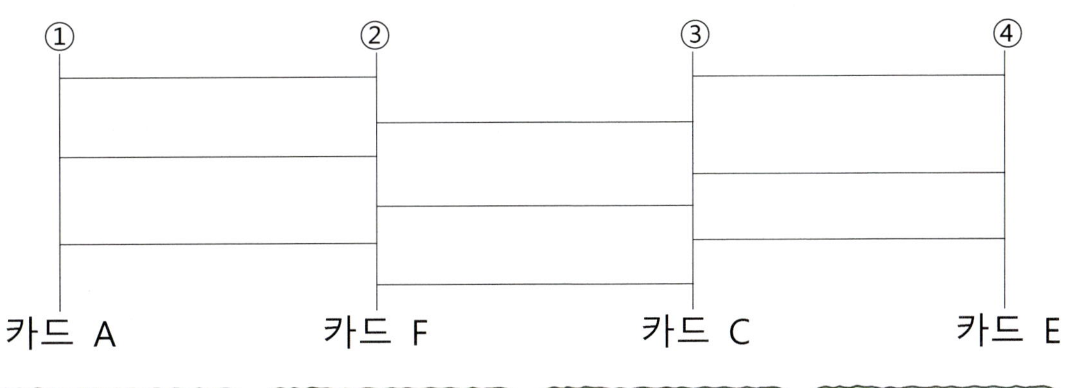

질문 C
성도의 교제가 절대적으로 중요한 이유는 무엇인가요?

질문 D
스스로 질문을 만들어 참여하세요.

질문 B
'교제'를 위해 내가 힘써야 할 일은 무엇인가요?

질문 A
나는 그동안 사랑하는 사람이었는가요? 사랑받으려는 사람이었는가요?

교사 가이드

① 사다리 타기를 통해 질문을 선택하고, ② 자기 질문에 대해 두 사람을 지명하여 의견을 들은 다음 자기 의견을 답합니다. 발표 순서는 교사가 정합니다.

*상황에 따라 [문해력 왕 뽑기 또는 리액션 왕 뽑기-97p 참조]로 진행해도 좋습니다. 교사가 판단하여 결정합니다.

＊ 예시 -
* 질문 C-삼위일체 하나님에 의해 구원받은 사람은 하나님과 함께 하는 교제 밖에서는 살 수 없는 것이 본성이기 때문이다.
* 질문 B- 연약한 존재임을 스스로 인정하고 겸손히 사랑하고 섬기려 해야 한다.
* 질문 A- 사랑하기보다 사랑을 바라는 모습이 더 많았던 것 같다.
    교회 봉사도 감사나 사랑으로 하기보다 내가 복 받기 위한 것이었다.

 자기 언어로 해설과 대사를 기록하고 설명하세요.

 – 짝과 함께 문장을 완성하고 그 의미를 구체적으로 설명하세요.

성경이 말하는 사랑은

이다.

교사 가이드

핵심 내용 정리하기 ① 짝과 함께 밑줄과 말풍선을 완성 후 ② 발표합니다. 학생이 방식으로 설명해야 어떻게 이해했는지 피드백 받을 수 있습니다.

한 줄 요약 ① 반드시 각자 스스로 정의한 한 후 발표합니다. 학생이 요약하는 동안 응용할 수 있도록 ② 교사가 자기 요약을 자연스럽게 읽어 줍니다.

> ＊ **예시** – 성경이 말하는 사랑은 **단순히 끌리는 감정이 아니라 오래 참고 예의를 갖춰 존중하고 따뜻하게 말하는 등 예수님을 닮아가는 섬김**이다.

＊ 본 교재의 예시는 저자의 요약일 뿐입니다. ＊ 교사도 자기 요약을 만들기를 권합니다.

요약하고 기도하기

📝 말씀 다시 보기

밑줄이 누구를 말하는지 (어떤 의미인지) 이야기한 후 뜻을 생각하며
천천히 읽으세요.

몬 1:6 [우리말성경]

그대가 **믿음 안에서 교제하므로**

우리 가운데 있는 모든 선한 것을

깨달아 그리스도께 이르게 되기를 바랍니다.

요일1장 3절 [우리말성경]

우리가   보고 들은 것을 여러분에게도   전파
합니다. 이는 여러분과 우리가 서로 사귐이 있게 하려는 것입니다. 우리의 사귐은
아버지와 그의 아들 예수 그리스도와 함께하는 사귐입니다. [
]

교사 가이드

가급적 개인이 스스로 정리하면 좋지만, 상황에 따라 교사가 짝을 만들어 주고 함께
의논하여 기록한 후 교사에게 확인받게 합니다.

＊ 예시 –

몬 1:6 [우리말성경]
　그대가 **믿음 안에서 교제하므로**[예수님의 가르침대로 믿고 행동하는] **우리 가운데
있는 모든 선한 것을**[남을 사랑하고 섬기는 등 예수님의 가르침] 깨달아 그리스도
께 이르게 되기를 바랍니다.

요일1장 3절 [우리말성경]
　우리가[사도 요한 일행] 보고 들은 것을 여러분에게도[초대 교회 성도들] 전파합니다. 이는
여러분과 우리가 서로 사귐이 있게 하려는 것입니다. 우리의 사귐은 아버지와 그의 아들 예
수 그리스도와 함께하는 사귐입니다. [성령님과 예수님의 가르침에 따라 교제하는 것]

📝 제8과 요약 하기

2~3명이 짝이 되어 교제의 정의와 성경이 말하는 사랑이 설명되도록 하나의 요약으로 통일하세요.

성도의 교제가 친교와 다른 점은 ___________________ 이다.

내 신앙이 성장하지 못하는 이유는 ___________________

___________________ 때문이며

믿음의 성장을 원한다면 ___________________ 한다.

교사 가이드

① 각자 스스로 요약 문장을 완성합니다. ② 1~2분 정도 후 교사가 자연스럽게 자기 요약을 읽어 주면 도움이 됩니다. ③ 어느 정도 완성 후에는 짝과 함께 다시 하나의 요약으로 통일합니다.

※ 예시 -

성도의 교제가 친교와 다른 점은 **하나님이 함께하는 교제이며 선택이 아닌 신앙의 필수**이다.

내 신앙이 성장하지 못하는 이유는 **사람하고 섬기기보다 관심과 사랑받기를 원하는 모습과 불편하면 피하는 모습** 때문이며, 믿음의 성장을 원한다면 **내가 친구에게 좋은 신앙인이 되기 위해 노력해야** 한다.

* 본 교재의 예시는 저자의 요약일 뿐입니다. * 교사도 자기 요약을 만들기를 권합니다.

작은 기도 부흥회

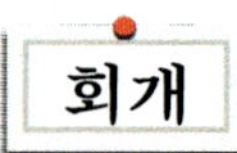

자신을 돌아보고 앞으로 하지 말아야 할 일들을 나누세요.

1) 성도의 교제를 가볍게 여겼던 나의 모습은?

2) 사랑하고 섬기지 않으면서 바라기만 하던 나의 모습은?

3) 그밖에 나누고 싶은 질문 ________________________

교사 가이드

* 교사가 예시를 먼저 말해 주고 비슷한 주변 사람들의 모습 또는 자신의 경험을 이야기합니다. 나온 이야기에서 가장 자신과 비슷한 모습을 나눕니다.

※ 예시 –
1) 성도의 교제를 가볍게 여겼던 나의 모습은?
  * 신앙생활은 예배만 드리면 된다고 생각했다.
  * 교제는 항상 기분 좋은 일이어야 한다고 생각했다.
  * 교제는 점심같이 먹고 소풍 가는 그것으로 생각했다.
2) 사랑하고 섬기지 않으면서 바라기만 하던 나의 모습은?
  * 나도 교회 한 사람이기에 사랑하고 섬겨야 한다는 생각을 못 했다.
  * 섬기는 것은 믿음 좋은 사람들이 하는 일로 생각했다.
  * 나는 섬긴 적이 없으면서 교회가 사랑이 없다고 서운해만 했다.

간구 　내 힘으로 할 수 없기에 하나님의 도움이 필요한 일을 나누세요.

1) 성도의 교제를 통해 은혜의 풍성함을 누리게 하소서!

2) 대면하기 힘든 사람도 사랑의 훈련 대상이 되게 하소서!

3) 그 밖에 기도하고 싶은 것 ________________________

교사 가이드

① 제시된 내용이 왜 중요한지 교사가 이야기해 주고 ② 그에 대한 각자의 생각을 나눕니다. ③ 제시된 내용처럼 되지 않았을 경우 일어날 일을 생각해 봅니다.

※ 예시 –
1) 성도의 교제를 통해 은혜의 풍성함을 누리게 하소서!
  * 친구와 함께 놀면 핸드폰 게임도 적게 하고 교회가 즐거워진다.
  * 함께하면서 기독교인이 어떻게 살아야 하는지 배우게 된다.
2) 대면하기 힘든 사람도 사랑의 훈련 대상이 되게 하소서!
  * 편한 사람만 만나면 친구가 적고 큰 사람으로 성숙할 수 없다.
  * 어린아이일수록 자기가 좋은 것만 고집한다. 그도 섬겨야 성장한다.

 각오나 다짐이 아닌 확인 가능한 실천을 나누세요..

____

____

교사 가이드

* 결단은 각오와 다짐보다는 말이나 행동으로 확인할 수 있어야 합니다.

✻ 예시 – 주일 점심 후 모임에 참여 하겠다.

#. 나눔 후, 스마트폰 등을 사용하여 찬양과 함께
서로 손을 맞잡고 큰 소리로 기도하세요.

교사 가이드

🌸 기도할 때는 스마트폰 등을 활용해 찬양을(예; 유튜브) 배경음악으로 크게 틀고,
모두 손을 맞잡고 작은 부흥회라는 마음으로 간절히 소리 내어 기도합니다.

🌸 마지막은 반드시 교사의 축복 기도로 마칩니다. 학생 이름을 언급하며 기도합니다. 모두 마친 후에는 하이 파이브나 포옹 등 인사로 마무리합니다. 다만 이성 간의 포옹은 가족이 아닌 경우에는 조심해야 합니다.

정말 정말 수고 많으셨어요.
하나님의 축복이 함께 하실 것입니다.

공부를 마치고 하나님께 드리는 편지

* 그동안 공부를 추구하면서 하나님에 대해 느낀 점, 감사 등 자신의 진솔한 마음을 편지로 적어보게 합니다.

● 학생들이 편지에 집중할 수 있도록 조용한 음악을 배경음악으로 작게 틀어 주고, 개인적으로 집중할 수 있도록 어느 정도 거리를 유지한 자리 배치가 필요합니다.

● 기록 후에는 한 사람씩 발표하고 모두 축복의 말을 한 후 기도해 줍니다.

● 책거리나 과자 파티도 좋습니다. 각자 과자, 음료 한 가지씩 사 오는 것도 은혜가 됩니다.

하브루타 도서 및 성경 공부 공과

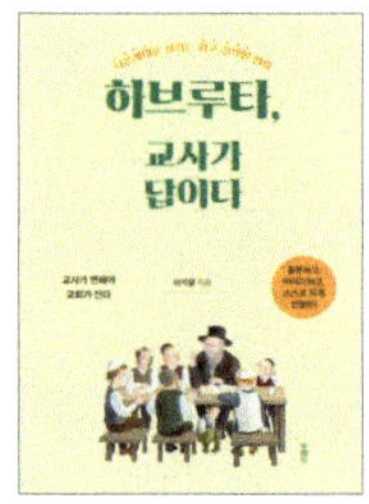

두란노 출판

성경 하브루타를 처음 하는 분을 위한 워크북

통합세대용 복음 하브루타 공과

어린이를 위한 복음 하브루타 공과

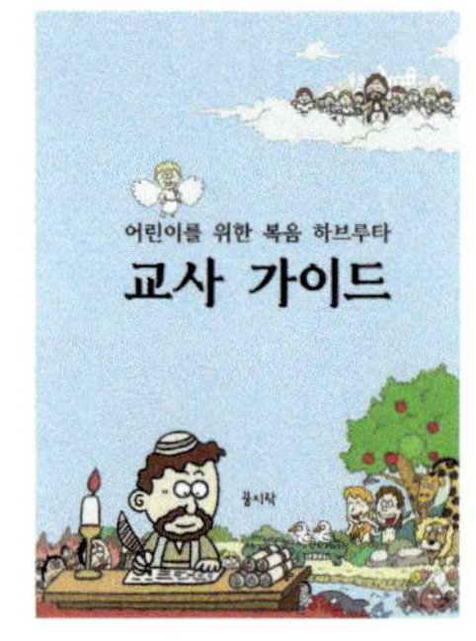